달마의 눈꺼풀

하재일
충청남도 보령에서 태어나 태안에서 자랐다.
공주사범대학교 국어교육과를 졸업했다.
1984년 『불교사상』을 통해 시인으로 등단했다.
시집 『아름다운 그늘』 『타타르의 칼』 『코딩』 『동네 한 바퀴』 『달마의 눈꺼풀』, 청소
년시집 『처음엔 뻐딱하게』(공저) 등을 썼다.

파란시선 0068 달마의 눈꺼풀

1판 1쇄 펴낸날 2020년 10월 24일
지은이 하재일
디자인 최선영
인쇄인 (주)두경 정지오
펴낸이 채상우
펴낸곳 (주)함께하는출판그룹파란
등록번호 제2015-000068호
등록일자 2015년 9월 15일
주소 (10387) 경기도 고양시 일산서구 중앙로 1455 대우시티프라자 B1 202호
전화 031-919-4288
팩스 031-919-4287
모바일팩스 0504-441-3439
이메일 bookparan2015@hanmail.net

ⓒ하재일, 2020, printed in Seoul, Korea

ISBN 979-11-87756-80-4 03810

값 10,000원

달마의 눈꺼풀

하재일 시집

내가 스스로 베어 낸 눈꺼풀을
이제 아득한 별자리에 버리겠다.

밤하늘에 빛나는 저 물고기자리처럼,
내 별의 혈액형은
머나먼 우주, 마이트레야(彌勒)다.

천애절벽에서 허공을 보며
다시 한 번 헛발질을 한다.

차례

제1부

사막에서 사는 법

나는 절망을 차단하기 위해 꼬리로
우산을 만들어 쓰기도 해요
우기인데 가뭄에 놓여 있습니다

나는 코끝에서 나오는 샘물을 떠서, 코밑
수로를 통하여 몸으로 들여보내고
눈썹을 방패 삼아 모래를 견디기도 합니다

나는 딱정벌레의 운명에서
수분과 내일을 충전합니다

내가 가꾼 한 그루의 나무를 지키기 위해
전의에 불타는 나뭇잎을 오려 붙이고
태양의 흑점을 향해 총구를 겨눕니다

경전이 마르지 않는 낙타를 타고 갑니다
지도에서 지워진 옛 성터를 찾아갑니다

하마터면 비만(肥滿)으로 살 뻔했습니다

눈발이 착륙했다

 토성의 위성 62개 가운데 달의 절반에 못 미치는 별 레아에서 생명이 숨을 쉴 수 있는 산소가 발견됐다. NASA가 쏘아 올린 탐사선 카시니호는 지금 이 순간에도 고독한 포물선 우주 공간에서 홀로 식사 중이다. 아무도 모르지? 식량은 거의 바닥나고 시시각각 별들이 아궁이에 불을 지펴서 김이 나는 수소 가스를 컵라면에 붓고 있는지. 간밤엔 물방울들이 뭉쳐 올해 처음 지상으로 거룩한 눈발 몇 잎을 날려 소식을 전해 왔다

 당신이 기다리던 첫눈이야. 문자 메시지가 포물선을 그리며 날아와 고요한 나의 천장을 두드렸다. 그 여인은 잠도 자지 않고 꼭두새벽부터 메시지를 쏘다니, 뜬눈으로 지새운 영혼일까. 그동안 술병을 얼마나 모질게 비웠을까. 반란군이 포물선을 이용해 국경 마을에 로켓포를 새 떼처럼 날려 도발했다는 자막이 다시 붉은 시클라멘처럼 피었다 진다

 나는 난데없이 시클라멘 화분을 사다 준 그녀의 속내를 전혀 알 수가 없다. 물을 너무 많이 주면 꽃이 죽는다고 말하던, 그 옛날 털보 현자는 지금쯤 먼지 가득한 은하계에

서 영원히 유랑하는 별이 되었을까. 지난밤 문득 사라진 별을 발견하고 나도 그만 슬퍼서 눈물짓던 기억이 쉽게 지워지지 않는다. 무수한 얼음 알갱이와 주변 위성들이 무차별로 발사한 탄소가 섞인 대기층에서 우주선은 과연 본래의 포물선을 잡아타고 메탄 바다를 건너 사막으로 무탈하게 귀환할 수 있을까

간밤에 꿈길에서 흘린 얼룩무늬를 지우기 위해 나는 베갯잇과 이불 홑청을 포물선 위에 올려놓고 허망한 우주로 진입하기 위해 궤도를 뱅뱅 어지럽게 돈다. 멀리서 구름이 어둡게 지나가고 이따금 포성이 들렸다. 피었다 지는 자막들 사이로 시클라멘 꽃송이를 오려 붙인 색종이가 부유하고, 나는 천천히 발걸음을 옮기며 카시니호가 지나간 지평선 위로 방금 찍어 낸 따뜻한 문자 한 아름을 올려놓는다. 우주는 멀지만 그대가 오기 전에 눈발이 착륙했다. 명랑한 눈발이 무사히 착륙했다

택배

뜨겁게 수류탄 한 상자 보낼까
주인을 알 수 없는 사리장엄을 보낼까

보고 싶다, 차마 말은 못 하고
혓바늘 선 면도날을 대신 보낼까
얼굴과 손에 화상을 입힐
격렬한 사랑의 독약, 휘발유를 보낼까
발신 주소 누락에 소인도 없고
청테이프로 복면을 한
고독한 붓다를 보낼까, 쇠구슬을 보낼까
성에 닿지 못한 '카프카 전집'을 한 질 보낼까
텀블러 고등어 폭탄을 보낼까
동남아 직수입 모시조개를 보낼까

초원 지대 심심한 흉노족을 보낼까
일단 흥분하지 말고 의심하라
개소리 같은 거 안 하고 침묵한다면
달콤한 머스크멜론을 보낼까
나사못이 촘촘히 박힌 망고를 보낼까
아주 작은 탄환들의 부비트랩

파파팟, 폭발음과 함께 일시에
파편이 당신의 심장에 박힐 거야
사랑의 폭약이 가득 차 있어

당신이 그토록 기다리던 속옷을 보낼까
마침내 몸매 좋은 테러리스트를 보낼까
항상 극단주의적인 발언을 의심하라!

저기요, 외로운 늑대 한 마리 왔습니다

백록이 뿔이 돋아 우물에 갇혔다

새들이 이룩한 빛나는 상형문자를 보아라
사람이 똑바로 서 있으면 잣나무일까?
해와 달이 만나면 서로가 환해 자작나무일까?

마당에 떨어진 빛나는 문장들을 보아라
나는 드디어 편지 한 장을 줍기로 했다
표정이 서로 섞이지 않는 단어들을 조합하여
밤을 새워 망치로 못을 때려 깁을 메우듯
나는 오늘 밤도 예리한 칼끝으로
손부리를 무수히 찌르다가 우물 속에 갇혔다

내 영혼은 가는 눈초리를 하고
겨울 낮달처럼 마른 나목에 걸려 있다
눈발이 내리는 풍경 속으로
백록이 뿔이 돋아 나뭇가지로 걸어 들어간다
때로는 설경에 취해 세상에 도착하지 못한
헐벗은 한 통의 사발통문처럼
어둠이 비장하게 깔린 허공에
얇은 입김을 불어넣어 종잇장을 펼친다
시린 손으로 꾹꾹 눌러쓴

문장 한 줄이 각각의 구절로 마당에 쌓이고
그 가운데서 가장 메마른 문구 하나를 집어
별빛을 향해 창을 힘껏 던졌다
작은 잉걸불이 일어났지만 지붕이 없는
단락 앞에서 나는 언제나 떨고 있다

눈보라에 내 생의 발목은 어둡게 잠겨 있다
공무 중에 동사한 어느 우편배달부처럼
한 통의 편지를 부여안고 쓰러져 있다
눈발은 여전히 따뜻한 밥과 국이 된 문장으로
아랫목에 온기를 간직한 채
잔뿌리를 내리며 나를 기다리고 있다
여전히 어순이 뒤엉켜 문장은 서툴고
낯선 나라로 시집간 이방인인 듯
알아듣기 힘든 발음을 하며 눈발이 날린다

달빛 없는 간월암(看月庵)

빵도 커피도 달라고 하지 마세요
아무것도 필요 없어요

보석 담은 상자도 구름도 땅도
그 누구든지 달라고 하지 마세요
윤기 나는 육체와 머리카락도
섣불리 달라고 하지 마세요

오늘 나는 마음에 창검을 들고 서 있을 뿐
옷도 집도 사과나무 과수원도 필요 없어요

눈썹에 어린 달빛도 콧날에 비친 호수도
달콤한 그대의 입맞춤도

그런데, 고대광실 대문 앞에
누가 또 아기를 버렸을까요?

오늘 나는 도끼날을 들고 서 있을 뿐
옷도 집도 물오리가 찾아오는 논밭도
그대의 공전(公轉) 앞에선 필요가 없어요

그런데, 낯선 교각 아래
누가 또 실타래 한 뭉치를 버렸을까요?

감았다 풀었다 통째로 삼켜 버릴 작정이세요

그때 달마는 배고팠어도,
어리굴젓을 먹지 말았어야 했어요

소금 창고

간밤에 불어닥친 폭우로 몸통에 끼운 널빤지 한쪽이 삐 걱 어긋났습니다. 눈썹 위로 스친 자국은 무엇이고요. 스 무 바늘쯤 대바늘이 실을 물고 살 속 깊이 들어갔을 때 당 신은 손수 가꾼 나문재밭을 생각한다고 내게 말했지만, 이 내 코를 골며 달빛에 잠이 들었습니다. 수차를 밟아 돌리 던 손과 발은 거미줄에 엮인 햇빛처럼 투명한 선들이 복 잡하게 이어져 있고요. 한때는 그 많던 햇살이 사금파리 안에서 바닷물과 힘을 겨루며 사랑을 했어요. 순결은 남 고 숱한 바닷물이 나비 떼로 날아가 송홧가루 몸에 바르 고 태양 속으로 들어가 산화했지요.

지난번 대들보가 부러지는 바람에 관절은 많이 기울어 졌고 드디어 간에 폐에 금이 가고 말았어요. 포강 근처에 서 절뚝거리며 걷다 서 있는 구부정한 왜가리 한 놈, 왜 외 다리로 버틴 한 점이 보였을까요. 거친 갯바람이 이따금 들렀다 갈 뿐, 양동이마다 하얀 소금 가득 받아 대처로 떠 난 텃새들 아무 문안 없고. 대신 말 못 하는 그믐달이 녹슨 대문 빗장을 기척 없이 어루만지며 소곤거리는 새벽, 찾 아온 빗방울이 끊임없이 말을 걸고 있어요.

'제발 떠나지 마세요, 쓰러지지 마세요.'

나비야 장에 가자

열무밭인 줄 알고 놀러 갔는데
노점상 할머니가 저자 보고 있는 건
열무 몇 단뿐이다

내 몸에서 나온 배추흰나비 한 마리
종일 백화점 근처에서 서성거린다
할머니 머릿수건 위에도 앉았다 날았다
근처 화단 쥐똥나무 가지 위에도
날았다 앉았다, 한눈까지 팔면서

나비야, 너는 상점에 안 들어가니
너도 옷도 사고 구두도 사고
스카프도 사고 화장품도 사고 그러지
팔랑팔랑 인파에 쓸려서 떠밀려 가는
나비야, 너는 지하철은 타지 않는 거니

열무밭인 줄 알고 달려갔는데
신문지 위에 쌓여 있는 건
뿌리 뽑힌 얼갈이 몇 단뿐이다
나비야, 너는 편의점에는 안 들어가니

광장 건너서 콜드브루도 사고
수제 맥주 크림빵 컵라면도 사고 그러지

팔랑팔랑 자동차 소리에 떠밀려 가는
나비야, 너는 고시원에는 살지 않는 거니
머릿수건을 두른 할머니는
지금 나비가 데리러 온 것도 모르고
종일 팔랑팔랑 물 뿌리다 굽은 손이야

머지않아 쥐똥나무 한 가지가
몸이 무겁다 무겁다고 말은 못 하고
그냥 휘어져 바닥으로 늘어지는 거니
나비야, 네가 앉았던 그늘처럼

신장(神將)은 나를 가엾게 여겼다

태풍이 몰려왔다, 파도 소리가 거칠어 나는 멀미를 하며 방파제에 누웠다

식은땀을 흘리며 오래 누웠다 그런데 신장님, 사람을 이렇게 때려눕히고

왜 가타부타 아무 말씀이 없으십니까 구름에 가린 얼굴 없는 기둥은 누구며

밤마다 찾아와 장명등 근처에서 서성거리던 몽당빗자루는 무엇입니까?

나는 눈을 떠 보니 어느새 비닐 관에 칭칭 감겨 침대에 누워 있었다

신장은 기와집으로 들어가고 사방은 조용한데 창문엔 별들이 내려왔다

사람들이 모여서 두런두런 이야기를 했다 신장은 나를 귀하게 여기고

죽음의 문턱에서 밥을 먹어라 어서 병실에서 일어나 찰수수밥을 삼켜라

그때 사랑하는 친구는 훌쩍거리며 낚시 가방을 챙겨 먼 항구로 떠났다

신장이 촛불을 밝혀 주는 뱃길 따라서 와인 한잔 마시

겠다며 떠나 버렸다

　저기 한 소년이 걸어오고 있다 햇빛에 목덜미가 유난히
반짝이는 미소년
　소년의 보호자 아버지가 뒤따라 나왔다 급정거한 속도가
비명을 지르고
　비명 사이로 다행히 소년이 물러났다 오른쪽에서 왼쪽
으로 앞으로 뒤로
　계단에서 사방으로 남방으로 소년의 아버지가 퉁방울눈
을 크게 부라리며
　불이 번쩍 다짜고짜로 칼을 휘둘렀다 천둥 벼락을 구리
방울로 제압했다
　거짓말한 죄가 이다지 크다면 누구나 마차를 타다 화를
당할 수 있으렷다!

신의 사자(使者)들

사나흘 굶다 한 끼만 먹어 보자
외진 산밭에 내려앉은 기러기 떼

흰 눈 사이로 잠깐 귀 열고 올라서는 싹들이 어여쁘다
서릿발 깨고 뿌리째 뽑아 엄동에 보리 싹을 먹어 보자
대륙을 건너온 관절을 잠시 접고서 앉는다
그때 수상한 볏짚이 나타난다

입맛 나는 벼 이삭 줄기를 찾은 기러기 떼
이삭이 나타나자 눈보라는 새 떼의 의심을 지우려고 몰아
친다
조각도로 어둠을 베어 내어 나락 사이에 화약을 쟁인 다음
촛농을 떨어뜨려 접착하면 소년은 고기를 얻을 수 있을까
논에서 개흙을 퍼다 미끼에 바르며
북방에서 온 한겨울 진객을 속이는 일이야말로,
영장류가 도처에 숨겨 놓은 함정인 것을

폭설이 들이닥친 설경 한 페이지
도래솔 근처 솔가리에 묻혀 있던 깃털이 반짝인다
'그날 너희들 중 하나는 고향으로 돌아가지 못하고

해마다 산천에 봄이 오면 춘란으로 피었다'

광목천 펼치고 가는 한 줄기 새 떼……
경계 없는 나라 스키타이로 가는 신의 사자들

사랑의 가면

이제 동굴을 벗어던지고 나오세요
천 개쯤 되어 보이는 당신의 비밀을
더 이상 가두지 말고 시원하게
폭포수 높이 방울방울 던져 버리세요

알 수 없는 꽃송이가 찾아와
거울에 닿자 분화구가 요동칩니다
진주 목걸이가 시야를 가리고
밤마다 금눈쇠올빼미가 다가와 속삭이죠
당신이 판 우물에 등불이 켜집니다

귀가 중력의 천 배를 견디듯
비늘 달린 물고기가 떠가고
잠시 비구름이 이동을 멈춥니다

당신의 앳된 얼굴은 악마의 편집일 뿐
눈물을 흘릴 이유가 하나도 없습니다
늪 속의 파충류마냥 진흙을 뱉어 내며
태양을 사이에 두고 맹수와 겨룰 뿐이죠

시간이 벗어 놓은 사냥꾼의 모자에
사랑에 관한 헛된 말들이 넘쳐흐르겠죠
비단을 두른 무당벌레가 춤을 춥니다
이제 거죽을 벗어던지고 나오세요

안구 건조에 걸린 봄날이 계속되었다
상엿집 근처 사는 노루귀가 눈을 떴다

아귀(餓鬼)

사람 중에 음식에 입술을 대기만 하면
즉시 불로 변하는 형벌을 받은 일이 있었다
경에 말하기를, 사람보다 더한 아귀는 없다니까

형상만 보고 버려졌던 그 옛날 아귀가
요즈음엔 비대한 머리통을 토막 내어
미식가 울리는 환상의 찜이 되는 것을

그래서 너도나도 부동산 명당을 찾아
전속력으로 아귀를 좇아 집과 땅까지 탐하는 법
아귀는 주린 배들을 채워 줬으니
공덕으로 다음 생엔 몸매 좋은 다랑어나
대방어가 되어 환생할 수 있을 것이나

아귀가 몸을 숨겨 꼬리조차 볼 수 없는 포구에서
콩나물만 가득 쌓여 억센 가시가 컥컥 걸릴 때
나는 헤매듯 젓가락이 부러지는 식사를 마쳤다
잘하면 나도 귀신의 가죽을 뒤집어쓸 수 있겠어

세상 생각 없이 가담했던 해산물 주안상에

아귀 떼가 달려드는 게 두렵고 무서워
나는 천 길 물속에 몸을 던지고 싶다

그냥 떠나면 악취가 진동할 것이다
—사람보다 더한 아귀는 세상에 없다니까

박대의 표정

찾아온 손님을 함부로 홀대하지 마세요. 귀한 분이 오셨는데 맹물 한 잔으로 예를 다하면 쓰겠어요. 주인이 종을 부리듯 사람을 천대하지도 마세요. 마음에 안 든다고 사람을 차갑게 냉대하지도 말고요. 애정이 식어서 이제 당신을 냉랭하게 대할 수는 있겠지만, 사랑이 식었거나 애초부터 당신에 대한 관심이 없어서 차갑게 대한다면, 더는 숨길 수 없는 얼굴이 나오니까요

살면서 인정머리 없이 상대를 모질게 대하지도 마세요. 밥을 얻으러 갔는데 뺨 맞고 돌아오는 법은 없어야죠. 인간을 환대하는 따뜻한 마음을 평생 버리지 마세요. 심심한데 얼굴 표정으로 간단히 비교해 볼까요. 홀대할 때의 표정은 무표정입니다, 관심 없으니까요. 천대할 때는 위아래로 훑어보면서 우습다는 듯이 째려봅니다. 우리 동네 사채업자 양아치 표정으로 말입니다. 상대방을 냉대할 때 표정은 미인이 삐졌을 때와 비슷합니다. 표정이 차갑게 굳어 있으나 무슨 이유로 화가 났는지는 본인이 말을 하지 않기에 일의 기미를 알 수 없습니다. 상대를 박대할 때의 표정은 얼굴이 홍옥처럼 붉어집니다. 그리고 벼락같이 화를 냅니다, 용암이 가득 차서 터질 듯이

그런데 바닷가에 가서 박대를 먹어 본 사람 중엔 한 명도 싫다고 말하는 사람이 왜 나타나지 않았을까요. 지난날 밥상머리에서 생선구이가 이렇게 무던한 평가를 받아본 적이 있기나 한가요. 어떤 생선은 비린내가 진동해서 처음부터 거부당하고, 어떤 생선은 식감 때문에 사람들한테 천대받기 일쑤였죠. 박대야, 너는 볕에 말려야 속을 알 수 있는 물건이다. 너는 바다가 숨기고 있던 수많은 음절의 혓바닥이었지. 말은 모조리 증발하고 문자만 남아서 마을을 이루었다. 또각또각 네 살붙이가 잘도 일으켜 세워지는 것은 바람과 햇볕이 스며들어 비늘을 모조리 태웠기 때문이다. 바닷가에서 한세상 꾸들꾸들 몸을 말리고 있는 청빈한 가랑잎들!

수상한 계절

들쥐를 잡자고 외치면서 멀리 달아나던
어릴 적 시골 악동들 왕국에서
무가 순간 부러져 나뒹굴 때가 있다

계절이 지나 물이 얼음으로 변하면서
늘어나는 부피가 거의 삼십 퍼센트
보이지 않는 네 기분의 팽창을 알 것이다

나는 아름답고 통통한 무를 사다가
날씨 탓에 실수로 얼려 버렸다
다시 녹이니 뿌리까지 물에 잠긴다

일단 얼음의 부피를 신중하게 줄여 보자
당신에게서 내 마음을 팽팽하게
좀 더 고래 심줄로 유지하고 싶다면
어떻게든지 불을 숭상해야 하니까

무는 과연 살 속까지 얼음을 녹여 내 마를까
네 주름과 내 주름까지 펼칠 수 있을까
갑자기 웅성웅성 북국의 눈보라가 쳐들어온다

이 겨울 동안 맥없이 늘어난 설경을
나보고 대체 어디로 치우라는 말인가

내 몸의 담장을 허물고 마당을 건너가자
마른 아궁이에 솔가지 쟁여 불을 지피자

노각의 꿈

한철 지나 늙고 늙어, 잔털 빠진 나를
외나무다리 위에서 만날 수 있었다

누가 더 반가웠을까? 서로가 몰라봤다

신명 나던 젊은 날들로 돌이킬 수 있을까
나는 뙤약볕에 뒹굴며 볏짚처럼 늙어 갔다

폭풍우를 견디며 풀숲에 숨어 있던 날들,
씨앗 몇 알, 검은 눈썹 밑에 남겨 두었다

너는 단단한 석고상이 될래?
때맞춰 우는 구름 속 천둥이 될래?

조붓한 외씨의 꿈을 이을 것인가
끝이 아닌 새 기술로 농사를 지을 것인가

우럭젓국

도라지를 찹쌀고추장에 찍어 몇 잔 사발을 들이키니 도라지 냄새가 간밤을 지나 새벽까지 왔다. 닭 울음소리에 놀라 자리에서 눈을 떠 보니 어느새 나는 산속에 외따로 떨어져 피어 있는 한 송이 도라지꽃! 이럴 때면 으레 바닷가 고향 마을에서 먹던 간간한 우럭젓국이 생각났다.

우선 곱게 소금을 친 후 한 사나흘 동안 꾸들꾸들 그늘에 말린 우럭 포에 뽀얀 쌀뜨물을 붓고 두부와 청양고추 다진 마늘을 넣고 푹 끓이기만 하면. 이때 새우젓으로 간을 맞춰서 맑은 탕으로 솜씨를 부리지 않아도 우럭 안에 숨은 마른 햇볕을 잘 꺼내기만 하면 그만인데.

깊은 바닷속 그 맛의 진국이 펼쳐진 검은 늪에 노랑부리저어새처럼 빠질 수밖에 없었던 것을. 시원하면서도 뒤끝이 개운한 맛인, 억센 우럭 뼈가 내뱉은 해탈의 맛이 새벽 꽃밭에서 서늘하게 나를 불러 세웠다. 비리지 않은 목소리로 허공에 담백하게 외칠까. 진미 났다!

● 진미 났다: 독살에서 우럭이 많이 잡히면 '진미 났다!' '꽃이 났다!'고 외치면서, 동네 사람들과 잡은 물고기를 나눠 먹던 풍습이 오래전부터 서해 바닷가에 있었다. 충남 태안 지방 방언.

제2부

연기(煙氣)

죽을 때 바닥으로 기려고 하지 마
온몸을 해체해서 곧장 구름에 올라타

끝없이 계단을 밟다 숨을 헐떡거려도
사방팔방으로 나풀나풀 먼지를 옮겨

종이를 챙겨서 데려가려 하지 마
가랑잎 한 장 그리고 싶지 않아

들판에 머리 숙이지 말고 몸을 맡겨
눈물만 왈칵 쏟는 결말은 없어

검은 흙으로 돌아가려고 하지 마
한 건의 건물도 남길 필요가 없어

평소 덮다가 버린 서책 몇 권
아궁이에 홱 던지고 가 버리면 돼

죽을 때 위로 가라앉으려고 하지 마
너는 다시는 별에게 돌아갈 수 없어

나무장사

후미진 장터 한쪽에 나무로 집을 짓고
나무 속에 새처럼 깃들어 사는 사내가 있다
그의 이름은 허공에 새긴 나무장사
그의 집은 나무와 나무가 서로 끌어안아
울타리를 만든 하늘이 대문인 향기로운 방
사시사철 나무를 파는 게 아니라 한철 장사
한겨울엔 해를 따라 먼 남쪽으로 갔다가
해가 길어지는 봄이 되면 태양을 끌고 와
변두리 장터에서 볼 수 있는 나무장사
한 해도 거르지 않고 장터를 찾아오는 건
나무를 너무나 좋아하기 때문인지
나무를 심는 사람들을 좋아하기 때문인지
아무도 그 속을 알 수 없고

힘들게 종일 나무를 팔며 그는 자주 웃는데,
웃는 이유를 해나 알지 우리는 몰라
저문 날 땅거미를 끌고 가는 걸음걸이는
구름 위를 밟는 새털의 걸음 소리
잠을 자는 거처가 저잣거리 어디쯤인지,
구름을 벗어난 달이나 알지 우리는 몰라

42

그는 아내도 없고 자식도 없는 나무장사
수국이나 영산홍이 아내고 대추나무가 자식이지
벚나무와 라일락이 한평생 자식일 뿐

가끔씩 그가 부르는 콧노래가 귀에 쟁쟁해도
겨울을 견디고 붉은 꽃망울이 유두처럼 부풀어야
그를 장거리에서 어렵게 볼 수 있는 법
장터 빈 공터에서 겨우 달포쯤 머물다 떠나는
흰 구름 닮아서 주소가 없는 나무장사
그는 나무를 베거나 상처 낼 줄 모르고 오직
나무 한 그루 팔기를 좋아하는 사람
나무를 찾는 따뜻한 사람들을 만나기 위해
한 해도 거르지 않고 묘목을 등짐으로 지고
북쪽 변방을 향해 해를 끌고 걸음을 옮겨
그의 그림자가 한 그루 오래 묵은 나무인데
이름을 알 수 없는 거리의 나무장사

야콘 한입 먹고

야콘 한입 먹고, 이제 끝없이 펼쳐진
대나무밭을 바라보며 살고 싶다만
냄새나는 벌건 고깃덩어리와 수프
달달한 사탕수수 같은 식사 집어치우고
깔깔한 대나무 이파리 하나만으로
하루의 허기를 마무리하고 싶다만

미각이 진화하는 길에서 감칠맛 나는 음식을
먹는 일이 까맣게 잊혀진다 해도
친구와 높은 대나무에 위태롭게 매달려
지는 해를 바라보며 수런거리는 대숲 바람에
오래오래 둥근 얼굴 씻고 싶다만

때로는 대나무 뿌리를 딛고 일어서서
중심을 흔들어 보면 세상이 어떨까
엄지를 이용해 대나무를 단박에 꺾어
당피리를 만들어 신나게 불고 싶다만
봄비가 발꿈치 들고 가다 멈춘 자리,
고사리처럼 발돋움한 죽순을 기다리며
하루하루 식욕을 달래 보고 싶다만

야콘 한입 먹고, 대나무 끝을 바라보며
밤하늘을 무심하게 올려다보고 싶다만
야콘 한입 먹고, 이제 망망대해 대밭을
바닥에 깐 채 별자리로 둥글게 이불을 덮고
몸을 거미줄에 대롱대롱 매달고 싶다만

콧등을 간지럼 치며 서걱대는 대나무밭
이파리를 잔치국수 들이키듯 식사하면서
세상의 흔한 맛 정도는 까맣게 잊은 채
서늘한 대로 그렇게 굶주리며 살고 싶다만
야콘 한입 먹고, 다시 뽕잎 한입 먹고

사람만 우는 건 아니다

　자유를 만끽할 수 있었던 물결처럼 심해의 귀가 잘린 파
도를 지키기 위해서
　지나친 웃음과 취기는 이제 필요 없어. 파릇한 태초의
음유시인 바다를
　내 안에서 마주하기 힘들게 되었지만 작살에 단련되고
그물에 불법 포획된
　고통스런 노래를 응당 부를 수밖에. 나는 창백한 석양
을 몹시 두려워해.
　항구에 닿을 수 없을 것이란 낙담에 꽃 없는 불임과 가
시덤불이 찾아왔고
　흙탕물에 곤두박질치던 범람을 연달아 겪어 봤어. 오래
오래 바다를 누볐던
　포유류처럼 신화와 전설에 얽매이지 않고

　날개를 갖고 태어난 은폐된 그늘일까, 이것이 항해를 계
속해야 할 운명일까!
　당신의 점괘는 모호한 언사일 뿐, 눈을 뜬 채 광장 한쪽에
마구 버려지는 것.
　고개 들어 좀 더 멀리 기력을 펴지 못하고 지친 몸으로
변방에서 말라 가는

반죽 덩어리. 눈만 뜬 단풍이란 새 떼들 해협으로 가려고 했으나 날지 못하고

여름의 질주와 모함에 걸리고 말았지. 겹겹이 밧줄을 감아 허리와 다리를 묶인 채

성대는 목소리조차 짓눌려, 지금 나무는 악기를 제거하고 서 있어

한낮의 태양과 별들이 가까이 지켜봐도 무일푼 유랑자들, 시끄럽게 뭔지 모르겠어.

등정 후 절벽 위 산마루에서 육교가 끌고 온 누각을 만났어. 돛단배 한 척 철탑에

묶어 놓고 객지로 떠날 차표를 한 장 샀지. 일찍이 구름을 사모하는 장작불처럼

언제나 숨결로 심장에 닿기를 바라며. 나는 이방인과 함께 호숫가를 거닐다 돌처럼

단단한 씨앗을 발견했어, 모든 걸 거두었지. 내게 들어와 앓고 있는 무수한 먼지와

새벽에 깨어난 초승달에 높이 닻을 걸고 단풍이란 새 떼들, 뜨겁게 울 줄이야

소리에 놀란 회화나무 꽃

매미 소리에 놀라 회화나무 꽃이
느닷없이 바닥으로 뛰어내립니다
거리에 세탁소 마당에 뛰어내립니다
갈빗집 시멘트 지붕에 매운 연기에
지그재그로 펄펄 뛰어내립니다
도로변 민들레 위로 뛰어내립니다
여자의 나비 양산에 화려한 옷에
지나가는 유모차에 뛰어내립니다
비둘기 깃털 위에 유리 수족관에
부동산 입간판에 뛰어내립니다
지나가는 아가씨 얼굴에 립스틱 그린
붉은 입술에 꽃잎은 뛰어내립니다
공터 나무 막대기에 긴 의자에
애인을 기다리는 빛나는 어깨에
회화나무 꽃은 뛰어내립니다
노을에 비에 텅 빈 손수레에
회화나무 높은 정신을 뒤로한 채
촉촉한 사바세계에 뛰어내립니다
술주정뱅이 건달 양아치 사채업자
미인클럽 색시 푸른 머리카락에도

꽃잎은 소리 없이 뛰어내립니다
노랗게 웃으며 뛰어내립니다
무성한 여름을 온몸으로 끌어안고
밤이나 낮이나 뛰어내립니다
정신은 피는 대로 즉각 사라집니다

봄의 그림자만 왔다

이상한 봄의 덫에 갇혀 며칠째 비구름을 접하니 몸에서는 꽃이 피고 입안 깊숙이에서도 까나리액젓 같은 발효된 연기가 피어오른다. 애초에 노란 수선화나 홍매에 눈길을 빼앗기지 말았어야 했는데 처음부터 가까이 한 것이 드디어 말썽이다. 멀리 이국으로 유랑을 떠난 친구에게선 소식이 없다. 가끔 '수상한 그림자'란 이름으로 메일이 도착했건만 내가 보낸 답장만큼은 아직 수신 확인이 되지 않는다. 그림자란 처음부터 없었다고 나는 추정했다. 태양이 거대한 흙먼지에 가려 있는 한

덮개가 씌어진 우물 안쪽에서 들리는 것은 내가 어제 뱉은 목소리. 시간이 지나서 울림으로 되돌아올 뿐이다. 오늘도 위장약을 사러 동네 어귀 약국을 기웃거리다 젊은 약사와 눈이 마주쳤다. 왠지 모를 수치심에 내 얼굴이 영산홍 한 송이로 변해 꽃이 화들짝 피어난다. 저 여자는 간밤의 내 행적을 필시 알고 있을 터이다. 아담한 몸무게에 수국을 몹시 좋아할 것 같은 여인. 언젠가 웃으면서 라일락을 좋아한다고 말했지만, 그 일은 너무나 개인적인 취향이니 내가 관여할 바 아니다

요즘은 사람도 꽃도 해산물도 먼 이방에서 배 타고, 비행기 타고 건너온다. 꿈틀거리는 주꾸미도 새우도 꽃게도 패류(貝類)도 먼 나라로부터 고향을 떠나온다. 그야말로 너도나도 유목의 신세로 세상을 누비는 실향민이다. 우리는 모두 항구로 가는 작은 간이역에서 서성거리며 잎사귀를 내다가 연두색 바람 앞에 죽을 것이다. 새들은 가지마다 일렬로 또는 산발적으로 날아다니며 나무를 장식한다. 무엇이 문제인가. 아무도 귀담아듣지 않는 소리는 허공에서 맴도는데 꽃은 따로 지고 잎이 다음 생을 항상 준비한다. 물음에 응답하지 않고 모두 제 갈 길을 각자 간다. 어디로 무턱대고 흘러가는지

봄은 해묵은 폐가의 냄새가 난다. 이곳엔 원래 사람이 살지 않았고, 태양의 그림자만 살고 있었다. 태양이 밟고 간 자리엔 꽃이 폭발한 화염이 아직 남아 있다. 불길한 씨앗이 항상 감추어져 있다. 마당에 수북한 잡초들이 언제나 날 괴롭힌다. 벽에 걸린 농기구들은 이미 벌겋게 녹이 슬어 있다. 이 집의 주인은 덩치 큰 왕거미인데, 왕거미는 이쪽저쪽 옮겨 다니며 꽃들을 보살핀다. 꽃과 꽃 사이에는 아름다운 다리가 놓여 있고 밤마다 물줄기가 하늘로 치솟

는다. 문득 꽃밭에서 점점 두꺼워져 가는 흰 구름의 살집을 매만지며 나는 옷을 껴입었다. 새까만 먹장구름이 몰려와 우물에 가득 이불을 덮는다

.

달마가 취해서 혼잣말로

빠른 것은 더딘 것이다, 죽음처럼
쉽게 배부른 것이 쉽게 허기가 지고 말 듯
떠나면 어둡고 그만 멀기만 하다
단순한 사랑이 결국 복잡해지듯이

순간의 화려한 말도, 말의 뜻을 모르는
어느 우기에 빗소리를 빌린 고백도
설명할 수 없는 것이 생의 이면이라면
난 모조리 청동 조각의 목을 벨 것이다

제발 엉뚱한 상상은 하지 마세요
피아노 소리에 머릿결 곱게 빗고
소쿠리 안에 얌전히 앉아 있는 달걀들

지독한 사랑은
사람을 쉽게 굶주리게 만든다고
얼굴 없이, 얼굴 없이,
빗방울은 계속해서 창문을 깨물고
폐광 속으로 서서히 잠기는 건가
사내는 혼자 흐느끼다 마는 건가

뼈

필요한 것은 물과 스펀지
만년필 같은 뼈는 필요 없다
고양이와 개와 침팬지
고래에게 있는 바쿠룸, 인간에게는 없다
인간은 모두 뼈대 없는 집안 출신

알래스카에선 해마의 바쿠룸이
칼자루가 되어
뼈와 뼈 사이를 누비거나
무슨 증표로 쓰인다고 당신은 말했다

오직 인간만이
피가 몰려들어 스펀지를 부풀리는
수압식 장치로 사랑을 나눈다

미토콘드리아를 만드는 데
남자의 DNA는 필요 없고
왜 여자의 DNA만 필요했을까

남자는 왜 미토콘드리아가 담긴

몸통을 무안하게 폐허에 남겨 두고
머리로만 천신만고 끝에 벽을 뚫고
바구니 안에 들어가 알이 됐을까

당신은 내 안에 들어오고 싶다 했지만
칼과 칼집만큼 딱 맞는 사랑이 될까
칼은 칼집 밖에서 비로소 빛나고
칼집은 칼을 물면 이내 말문이 막히는데

인간이 필요 없는 영역은 점점 늘어 간다
그러나 인간이 되는 일도 점점 빨라진다

어느 날 돼지나 문어 자기들도 인간이다
튜링 테스트를 어렵게 통과했다고 주장해도
사람들이 할 말을 잊을 날이 멀지 않았다

꽃씨를 틔워 주세요

무더운 여름, 고전 시가 강좌를 개설하여 수업을 시작한 적이 있었다. 바로 그때였다. 시간마다 결석은 하지 않고 나타나기는 하는데, 시간이 많이도 아닌 꼭 5분 정도 매일 늦는 학생이 있었다. 쌍꺼풀 수술이 자연스럽게 잘된 학생이었다. 항상 밝은 웃음을 잃지 않는 천연덕스러운 성격의 여학생이었다. 나는 웃으며 매번 잔소리를 하고, '너는 오분자기야!'라고 별명을 외쳤다. 즉 '5분 지각'이라는 의미를 전복이 되지 못한 떡조개 오분자기와 음이 비슷해 내가 아무것이나 허무하게 둘러댄 말이었다. 그 뒤 여름이 지나가고 시간이 흘러 추운 겨울이 되자 그와 나는 졸업식을 하는 실내에서 사진 한 장 찍는 둥 마는 둥 정신없이 기념하고 후딱 헤어졌다

사월도 중순이 지난 어느 봄날, 은색으로 빛나는 편지 한 통이 도착했다. 선생님, 멀리 지방에 있는 학교로 진학해 내려왔지만, 이제 괜찮아요. 선생님께서 그 여름 맨날 뭐라고 혼내 주셔서 지금은 수업 시작하기 전 10분이나 일찍 강의실에 도착하는걸요. 저를 무척 보고 싶어 하실 것 같아서 제 사진을 넣어 드리고 싶었지만 대신 꽃씨를 동봉해 보내 드릴게요. 햇볕 잘 드는 1층 창가 교무실

앞 화단에 심어 놓고, 꽃이 피면 저라고 생각하시고 반갑게 보세요. 얼른 칼로 봉투를 째니 눈에 잘 보이지도 않는 채송화 씨앗이다. 들고 나가 펼치니 바람에 날아가 환한 흙의 왕국에 골고루 검은 점으로 박혔다. 채송화 붉게 피는 다가올 여름, 그 여학생은 크레용으로 입술이라도 짙게 그리고 명주나비로 날아서 사뿐히 꽃밭에 나타나려나. 오늘도 비 소식은 없고 조로 들고 나가는 일만 여위었다

밥은 하늘이다

콩알은 지금 탄알처럼 딱딱한 목과 등을 가누며
그릇 안에서 쇳소리를 내며 딴청을 피우고 있다
피부가 고운 흰 찹쌀은 쉽게 마음을 내주는데,
현미는 언제나 골이 잔뜩 나 항상 불평뿐이다

나는 이들을 잎 넓은 후박나무 밑으로 불러 모아
함께 어울리기를 잔잔한 빗소리로 타일렀다
사기대접 안에서 이제부터 마음을 풀기 시작한
서리태가 입김을 불어 내어 물감을 슬며시 뱉는다
하루의 무거운 하늘을 엷은 수묵으로 적시고,
잔잔한 바람이 지나가고 밀물이 드는 시간이다

서로 물장구를 치며 노는 물고기들이 보인다
처음엔 어색해하던 그들이 서로 낯이 익어
소리를 지르고 물탕까지 만들며 노는 모습은
개울에 수초와 어울린 햇살의 발랄한 모습이다

어느새 은행나무 향기가 집 안 가득 퍼지며
허기진 어둠이 서서히 뜸이 들 무렵인데,
박달나무 문틈으로 진밥 된밥이 새어 나가고 있다

굿바이! 꽃게야

복사꽃이 피고 햇살이 무시로 황홀한 날이다. 제 부챗살 활활 젓는 꽃게가 바다에서 떼거리로 떠다닌다. 세상의 수많은 열기구와 풍선들도 허공에 떠다닌다. 배경은 보리누름에 우럭 솥 깨지는 섬마을이다. 나는 포구에서 건져 올린 꽃게를 한 바구니 들고 살강이 있는 암실로 입장한다

흐르는 물을 받아 화장기 번진 꽃게를 일단 칫솔로 구석구석 씻어 주렴. 다리에 모래가 많이 끼어 있으니 신경써서 처리하고 물기를 닦아 한쪽 소쿠리에 담아 두렴. 가위를 사용해 꼬리 부분과 다리 끝을 잘라 게를 정갈하게 다듬어 놓으렴. 등딱지를 떼어 낸 후 몸통 위쪽으로 삐죽 튀어나온 입과 몰래 감춰 둔 모래주머니를 칼로 조심스럽게 분리해 내야 한다. 이쯤에서 꽃게는 제 살던 골목길을 그리워할 것이다. 잠시 후 여러 겹 붙어 있는 아가미 사슬을 식가위로 제거해 주렴. 게의 몸통을 가르면 속에서 크림치즈 노을이 와르르 쏟아질 거야. 소문이 퍼지기 전 재빨리 대접에 따로 받아서 모아 두렴

아직도 탄력을 유지한 기억이 몸통에 그대로 붙어 있다면 생물은 통증을 느낄 테니 달리 타이를 말이 있겠니? 이

제 서서히 꽃게는 바다 밑 골목과 상점을 잊을 것이다. 즉시 몸통을 먹기 좋게 적당한 크기로 나누어 주렴. 녹슨 가위로 자른다면 살이 밖으로 넘치게 될 터이니, 방금 숫돌에 간 예리한 도끼로 번개처럼 내리쳐 숨을 끊어 주렴. 탕으로 요리하려면 네 토막 정도로 잘라야 한다. 아삭한 게장을 담글 경우라면 배꼽이 하늘을 향하도록 항아리에 차곡차곡 쌓아 두는 요령은 필수. 그래야 간장을 부었을 때 창자가 녹아서 내용에 흘러들지 않고 몸속에 웅크린 붉은 산호가 문을 활짝 열고 웃게 되는 것이다

국물이 텁텁해요. 당신은 한마디쯤 불평을 지를 것이다. 장을 많이 넣어서 순한 혀가 시간의 무게를 약간 느꼈을지도 모르니까. 된장은 비린내만 살짝 없앨 정도로 넣어 꽃게 본래의 천성을 살려 주는 게 좋지. 혹시 잡내가 난다면 추억을 우린 물에 게를 약간 담가 놓으면 고민이 해결된다. 꽃게는 성품이 어진 까닭에 마지막까지 정성을 다한 양념을 붉은 폐 속 깊이깊이 잘도 받아들인단다. 이제 잠에서 깨어난 꽃게가 사방팔방 감칠맛 나는 거품을 대롱으로 비눗방울처럼 솔솔 불기 시작할 때다

쪽빛 바다에 새봄이 오면 집집마다 꽃게의 만장(輓章)이 펄럭이리. 꽃게가 걸터앉아 섬과 섬을 이어 주던 무지개다리가 바람에 부서져 사리처럼 흩어지리. 세상에 태어난 존재의 이름값을 정작 떠오르게 할 터이다

굿바이! 꽃게야. 봄이 오면 너는 다시 태초의 바다로 귀향하는 것이란다

농어와 숨바꼭질

물고기가 상자에 한두 마리씩 담겨서
경매받을 주인을 애타게 기다리고 있다
사장님은 여기저기 옮겨 다니면서
좋은 생선이 없나 있나 물색하고 있다
아는 경매사와 반갑게 눈인사를 한다
경매가 시작되자 이쪽저쪽 모두 분주해진다
손가락이 정말 바쁘게 움직인다
어떻게 돌아가는지 수화를 알 수 없다
낙찰된 물건은 쇠꼬챙이를 상자에 걸어
주인들 앞으로 재빨리 끌어당긴다
사장님은 받은 생선을 옮기고 있다
생선이 상할까 봐 뜰채로 뜨지 않고
한 마리 한 마리씩 손으로 옮기고 있다
새벽 6시쯤 경매는 끝나서 파장이다
농어는 포구 소매상 아줌마 수조로 간다
오전 일찍 대처 손님이 나타나고
농어는 추격을 피해 한순간 점프해 보지만
소용없이 시멘트 바닥에 나뒹군다
여자는 농어를 사정없이 쇠막대로 때린다
가격당한 농어는 피를 철철 퍼 올린다

잠시 스티로폼 상자 얼음 위에 눕힌다
농어는 안식을 취하며 다시 이동한다
이제 농어가 갈 곳은 소나무 숲속이다
술 취한 하늬바람이 나무 아래 서 있다
꼬리를 흔들며 바람이 잎사귀로 변할 때
파랑새로 변신한 물고기가 공중을 떠돈다
우리가 알 수 없는 생의 숨바꼭질……

옛날 통닭

흑백사진이 있다는 게 위로가 된다
한 마리에 7,000원 두 마리에 12,000원
에누리가 있다는 게 기쁨이 된다

옛날 배고파서 울던 날이 오늘이 된다
네가 떠나고 혼자 있다는 게 날씨가 된다
낮술을 마실 수 있어 잠시 너를 잊고
비 오는 날 홀로 앉아 빗방울이 된다

어디를 누르면 슬픔이 터지는지
통닭집 여주인은 이미 알고 있다
알고 있지만 발설하지 않는다
동네에 은밀한 이야기가 넘쳐나지만
어느 사연이 더 맛있는지 말하지 않는다

가끔 기름을 맛보는 게 기운이 된다
무더위가 오고 장마가 찾아와도
끓는 태양에 몸이 무거워도 버티게 된다
나에게 근심이 있다는 게 날개가 된다
하루를 끝내고 앉을 의자가 있다는 게

그늘 속 열매가 영그는 사건이 된다

옛날은 멀리 가지 않고 집 근처에서
오동나무처럼 꽃을 피워 내고 있다
어제는 반 웃고 오늘은 나머지 웃고
옛날이 떠나지 않고, 머물러 있다는 게
동네를 흔들흔들 뱃머리 출렁이게 한다

나에게 어둠이 있다는 게 낙서가 된다
도시를 관통하는 기차야 무조건 정차하라
잠시 꿈을 꾸고 있다는 게 관절이 된다
옛날은 바람 잦아든 포구에 닻을 내렸다

치통을 물고 질주하라

치타는 날마다 팽팽한 용수철이다. 통증에 환희의 소나
기를 부어 주랴

얼룩무늬가 벌판으로 튕겨 나간다. 타오르는 가시덤불
사이를 질주하랴

사바나의 잡목을 넘어 기린을 걷어차며, 치타야 달리자

내가 통화 중에도 통증은 내 몸에서 꿈틀꿈틀 구더기처
럼 기어 나온다

누가 치통을 쉽게 말릴 수 있을까. 누가 치통을 때려
줄 수 있을까

나는 근육에 서슴없이 칼을 넣고 싶다. 관솔 한 주먹을
모아 불을 지르랴

이때 몽달귀신처럼 치타가 찾아오면, 나는 눈이 큰 초식
동물이 되는 것을

발소리를 죽여 가며 살금살금 위험한 식사 같은 건 아예
잊어버리고

대신 야행성이 들어와 숨을 죽인다. 구름이 몰려와 주렴
을 내리며

뜨거운 번개를 자식으로 낳는 밤. 눈을 부릅뜨고 머리맡
에 짐승이 들어와 앉는다

마침 별똥별이 뜰에 내리면 혼자 나가 낙과(落果)나 되는 것이다.

솔부엉이 뒤척이는 삼경의 집에 나의 치타가 불을 켜고 앉아 있다

짐승이 몸에 들어온 뒤로 몸의 중심이 뿌리 쪽으로 이동하기 시작했다

안개가 걷히고 비바람이 그치고 어김없이 계절이 머뭇거리고.

지축이 흔들리면서 잠에 잠을 덧댄 광목천 억새밭이 암벽 위에 펼쳐졌다

차가운 온천(溫泉) 속으로 빨려 들어가면 파도가 출렁이는 천 길 벼랑에

고양잇과 동물들이 뜀박질을 한다. 사슴아 얼룩말아 하테비스트야 어서 달아나라

나의 치타가 통증을 물고 하늘 높이 질주한다!

모감주나무 꽃이 피었습니다

술에 취해 비구름 속에 계십니까?
폭염을 견디다 못해 꽃이 피었습니다
드르니 항구에 들렀다가 찾아간
방포 끝자락에 머문 해류의 꿈,
문은 열려 있고 바다는 활짝 웃었습니다

직장에서 해고된 당신이 돌아왔을 때
꽃은 마스크를 벗고 피었습니다
간밤에 파도가 몰아쳐서 내가 헤매일 때
황금비 내리는 당신이 피었습니다
이미 술병은 비었고 청춘은 떠났습니다

콧대 높은 서양 철학자 양반한테
헤딩골을 먹은 내 콧날은
얼얼한 표정으로 한없이 무너졌습니다
어둠 속에서 나는 비굴했습니다
주먹으로 그를 한 대도 때리지 못하고
표범 울음소리만 으르렁거렸습니다

당분간 보지 맙시다

빗소리에 취해서 살 테니
초록색 바람을 머리에 이고 다닐 테니
대추나무 꽃이 떨어진
한적한 그늘로만 찾아다닐 테니
당분간 연락하지 맙시다!
당신의 그림자에 빠져 살 테니

그동안 엷고 부드럽고 청량하였습니다
남쪽에서 장마전선이 진군해 올 무렵,
그대 곁에 머물렀던 소란이 진다고
뻐꾸기가 확성기로 전해 주었습니다
슬픔을 삼킨 달맞이꽃이 피었습니다
무너진 해변이 다시 일어섰습니다
손아귀에 든 섬들이 파닥거렸습니다

당신을 기다리다 까맣게 가라앉은 자갈은
이렇게, 모래가 되어 가고 있는 것입니다

제3부

동쪽 버드나무 아래에서

세상을 뒤집어 놓을 듯 비가 내린다
떠내려가는 거울이 없었으면 좋겠다

나무가 뿌리째 절규하며 비가 내린다
떠내려가는 그릇이 없었으면 좋겠다

강물이 안으로 흐느끼게 비가 내린다
떠내려가는 신발이 없었으면 좋겠다

가로등이 물구나무서서 비가 내린다
떠내려가는 촛불이 없었으면 좋겠다

귀먹은 창문이 막막하게 비가 내린다
떠내려가는 종소리가 없었으면 좋겠다

신맛은 하염없이

올해 딴 첫 열매를 당신에게 선사할 테니
학교 앞 모퉁이 둥근 차일 아래
한 뼘 그늘을 가진 가게로 와 주시겠어요

우리 동네 사거리 지나 학교 앞 트럭에
자두가 도착하기란 그리 쉽지 않은 일이죠
한여름 더위가 신맛을 당기기도 하고
때로는 팽팽하게 단맛을 당기기도 하여
세상일처럼 어긋나는 날이 많기 때문이죠

아직 익지 않은 신맛은 달아나려고
안간힘을 쓰며 아파트 담장을 넘어가기도 하죠
입안에 침이 고이는 걸 참으면서
목이 빠지게 자두가 익는 날을 기다리는
생애란 얼마나 답답한지 모르겠어요

주인아저씨는 신문을 보다가 낮잠에 들고
울타리 사이 신맛에 달라붙은 넝쿨장미가
오후 네 시를 가리키는 과일 좌판 근처엔
손님 대신 노랑나비 두 마리만 팔랑거려요

하지만 당신은 나타날 기미조차 없으니

여름 한낮이 지나서 모퉁이 둥근 차일 아래
한 뼘 그늘을 가진 가게로 와 주시겠어요
반가운 신맛이 도착해 당신을 기다리고 있으니까요

날아라, 여우원숭이

　나리야 피어나라, 나팔꽃아 피어나라 내 몸이 몹시 가
벼운 우화의 시간이다.

　충남 계룡산 신기동 폐허에 집터를 잡았던 달마, 명초
당취(黨聚)께서 부활하시나?

　한겨울 단대 병원 상갓집에 퍼붓던 눈발처럼! 이끼가
파릇파릇 빗돌에 돋아나나.

　내 몸 안에 있던 아라한이 막대를 잡나. 옛날에 잃어버
린 왕국의 이름을 부르며

　때까치 소리가 청아하게 울려 퍼지고. 힘차게 풍구를
돌리던 기침 소리, 물소리

　날아라, 인도양 마다가스카르섬으로. 내 몸을 박차고 멀
리멀리, 시파카여 나와라.

　숨지 말고 어서 원숭이 왕 나와라. 동작 그만! 나뭇가지를
붙잡고 이리 뛰고 껑충

　저리 뛰어 멀리 무한 천공 날아라. 나의 그림자여, 미친 듯
이 여기저기 구름을 타고

　옮겨 다니면서. 원숭이 한 마리 춤에 취해 펄쩍, 풀잎에
의지한 채 몸을 흔들어라

오리나무가 가고 귀룽나무가 온다. 새벽부터 크낙새가
오방에서 목탁을 친다.

명초가 감나무 위에서 미륵삼부경(彌勒三部經)을 뒤적거
리는군. 바람을 이기지

못해 깃털이 우수수 떨어진다. 울타리 사철나무가 연신
박수를 치면, 머위밭에서

소낙비가 신나게 몸을 비튼다. 그리운 당신께서 이렇게
갑자기 오신답니까?

내 몸은 이유 없이 뜨겁고 가려운데. 말벌이 불 속에 들
어가 쥐포를 찾고 있나,

자전거 바퀴 헛돌던 그 옛날 야단법석!

●시파카(Sifaka): 아프리카 마다가스카르섬에 살고 있는 여우원숭이.

얼룩무늬 두꺼비와 함께

어느 날 물방개, 가재 잡던 두메산골
우람한 느티나무 구멍 난 집에 들렀다가
날이 잔뜩 궂어서 비를 긋다가
떠날 때 부랴부랴 차돌 하나를 주워 업었다

생각해 보니 울 엄니가
그 눈보라 치던 한겨울 나를 포대기에 싸매
차디찬 돌멩이 하나 둘러업고 고향을 떠났듯이,
나는 나의 체온을 정성으로 한데 모아
항상 차돌을 품고 쓰다듬고 어루만졌다

그리고 아무 쓸모없는 내가
그래도 촛불 한 자루를 초라하게 지켰듯이
빛나는 차돌 하나 문밖에 두지 않고
내 손 닿는 책상 위에 자리 잡고 머물게 해
무성한 꼬리 달린 햇살 받으며
한 마리 두꺼비로 살게 해 주었다

추운 별자리로 하늘에 걸린 옛집은
왜 자꾸만 눈에 감겨 보이질 않고

귀향하지 못한 그림자만 돌 속에 살아 있을까
여전히 기척 없는 맑은 눈동자가
하염없이 내 곁에 남아 고갤 끄떡거릴까

두껍아, 나를 따라서 폭우를 뚫고 나서 보자
손잡고 머나먼 폐허의 타향으로 느릿느릿 가자
슬프지 않은 꿈을 찾아서 대륙을 건너가자

누란을 지나 머나먼 구자국(龜玆國)으로
사마르칸트를 지나 사막 끝 팔미라로
루미가 미친 듯 춤추는 아나톨리아 코니아로

나는 두꺼비를 등에 업고 구석구석을 누볐다
나는 두꺼비와 함께 사막으로 여행을 떠났고,
얼룩무늬로 변신해 세상 뒤에 숨을 수 있었다

만추의 식탁

1

입에 낯설고 제철 음식이 아닌
철 늦은 천둥소리나 마른번개는 와락 드시지 마세요

새벽에 내린 싱싱한 빗물은 급랭으로 보관했다가
다음 봄에나 펼쳐서 목련꽃 한두 송이 수놓아
화전으로 먹든지 새콤달콤한 무침으로 드시면 좋을 듯
이때 달아난 새벽잠은 내장을 깨끗하게 손질해
우럭 포처럼 그늘에 말려서 갈무리하시면

2

배경음악인 귀뚜라미 소리가 점점 잦아드는 때,
곰취 쌈같이 쌓여 있는 가랑잎은 무슨 요리에 좋을까
바람에게 귀찮게 묻지 마시고 아예 없는 셈 쳐서
장에 고이 담가 두었다가 내년 여름께나
손님에게 곰삭은 장아찌로 내보이시면 훨씬 낫겠지요

바삭한 단풍잎 튀김과 들깨 꽃대 튀김에 자꾸 손이 가

지만
　구멍이 송송 뚫린 열구름으로 얇게 부친 밀전병을 꺼내
어
　갖가지 마른 꽃잎을 넣은 오방색 구절판을 싸서
　온 가족이 함께 즐겨 보시는 것이

　3

　사각거리는 산책길에서 만난 발자국 소리는
　오미자나박김치로 한번 담가 보세요
　한 숟가락 떠서 목에 넣으면 속이 한결 후련해지죠

　가랑잎을 태운 연기는
　한 잔의 쌉쌀한 작설차로 미리 마련해 두세요
　심심한 오후 세 시쯤 고매한 새털구름을
　한적한 의자로 불러내어 앉히고
　물푸레나무 바둑판 위에서 마른 국화를 띄워 달이게요
　그리고 쌀쌀해진 찬바람을 청주로 데워
　천천히 초원의 늑대처럼 우아하게 드세요
　타다 만 복어 지느러미의 향기를 코끝으로 핥다가

방금 잡은 은행잎을 허공에 노릇노릇 구워서
매콤한 우울 한 쪽을 함께 곁들인다면,
누구나 행복한 늦가을 식사가 될 수 있겠지요

4

육수로 끓여 둔 맑은 햇살 두 큰술/ 마파람 세 큰술/
엷은 구름 두 큰술/ 잘 삭힌 저녁노을 한 큰술/
귀에 익은 까치 소리 조금/ 차고 고소한 빗방울 섞어
사슴뿔 닮은 해초 청각(靑角)이나 파래는 없지만,
조물조물 정성스럽게/ 즐거운 생각/ 맛있게 무쳐서
나물 반찬으로 준비하는 것 잊지 마시고요

저녁에 날씨가 귓불까지 얼게 추워져서
갑자기 찾아오게 된 우박이나 첫눈은,
식사가 끝난 후 창가에 앉아 아득한 후식으로 드세요

종이 상자

나는 생각 없이 종이 상자에 내 팔뚝 한 짝을 집어넣었다. 그러자 아내는 상자 안의 형편을 모르고 앉아서 놀고 있는 무용지물 박스라고 단정해 이내 밖에 내다 버렸다. 살다 보면 그럴 수 있는 사건이었다. 상자는 곧바로 할머니한테 멱살 잡혀 따라나섰다. 나는 상자를 찾아서 이리 뛰고 저리 뛰며 외치기 시작했다. 내 관절이 자라는 팔뚝을 돌려주세요

할머니는 상자를 두드리기도 하다 구부리거나 욱여넣거나 뒤죽박죽 마구 정리하더니 리어카에 싣고 이 골목에서 저 골목으로 이 식당에서 저 식당으로 놀이터 앞 앵무유치원 골목 산들마을 가정식 백반집 근처를 지나서 보이차 춘향을 돌아서 비빔국숫집을 지나서 모던타임 앞을 가로질러 바삐바삐 움직이는 한 마리 비둘기였다. 리어카와 한 몸이 되어 마치 삼륜의 경지를 완성하신 할머니. 이때 따라다니는 신도는 주인 없는 길고양이 몇 마리뿐이다. 나와 연결된 팔뚝을 가진 상자는 계속 아래로 밑으로 파묻히고 가라앉고 빈 깡통처럼 찌그러지고 조금 찢어지고 뒤틀리며 어렵게 언덕길을 넘어갔다. 요새 박스 줍는 거 쉽지 않아, 얼마나 많은 사람들이 박스를 주우러 온 동네 쑤시

고 다니는지, 우리같이 몸이 불편한 노인들은 맞서 볼 도리가 없어 전쟁이여, 그냥 전쟁이라니께. 남들은 잠도 자지 않고 밤새 박스를 줍지만 몸이 불편한 나는 그럴 수도 없어 남들이 줍고 남은 거라도 줍는 게 다행이라고, 하신다. 동네 열 바퀴, 그게 사는 방법이라고 하신다. 할머니는 오 년 전부터 동네에서 박스를 줍기 시작했다. 박스 줍기에 나서게 된 계기는 오래전부터 간경화로 앓고 있는 할아버지 병원비를 대기 위해서다. 매월 수십만 원이 있어야 하지만 한 달 수입이 기초연금 조금과 매일 박스를 주워 모은 돈이 전부다. 병원비를 갚고 나면 그만이다. 사십여 분을 기다리다 할머니는 자리를 털고 일어나 리어카를 끌고 다시 오르막 도로로 나섰다. 갑자기 할머니 얼굴에 화색이 돈다. 편의점 앞 의자 옆에 리어카를 절반 넘게 채울 수 있을 양의 박스가 쌓여 있었기 때문이다. 매주 물건이 들어오는 날이면 편의점에서 할머니를 위해 박스를 길가에 내놓는다. 선재선재(善哉善哉)라!

할머니 얼굴에 분꽃이 피어난다. 리어카가 종이 상자로 채워지는 기적을 눈으로 가리키며 오늘은 만 원 이상 될 것이라며 순간 환하게 웃는다. 아직 물에 젖지 않은 박스

84

한 장, 신문지 한 장이 필요한 이들에겐 한 끼 밥으로 다가서는 순간이다. 할머니, 박스는 그만두고요 상자 속에서 울고 있는 내 쓸모없는 팔뚝이나 잘라 가세요

철봉에 매달린 짐승

천장에 철봉을 은밀하게 매단 동굴이 있다
철봉에 매달린 사자는 가면을 쓴 유령이다
자신을 허공에 매달기가 그리 쉬운 일인가
얼마나 많은 동물들이 벼랑에 매달렸기에
철봉은 백동전인 양 손때가 반질거리고
휘황찬란한 조명은 오히려 찬란하지 않다
슬픔을 떼어 잠시 어둠에게 맡겼을 뿐인가
체력장 때, 여학생은 오래 매달려야 했고
남자들은 죽도록 힘을 다해 올려쳐야 했다
대학 입시 만점 도달에 체력 점수가 20점
오래버티기와 오래달리기가 항상 문제였다
오래 버틸 땐 비만한 체중이 문제였고
달리기할 때 커브에서 넘어져 무릎에 항상
피멍이 들고 생채기가 꽃잎처럼 피어났다
철봉에 매달려 자신의 가죽을 다 보여 주어야만
새전이 쏟아지는 사자의 운명은 등신불 처지
가슴은 늘어졌고 포대는 악어를 삼킨 비단뱀처럼
부풀어 올라 기를 쓰고 곡예를 힘써 보지만
철봉은 닿을 수 없는 철탑, 돔은 높기만 하다
달콤한 오색 종이가 허공에 가득 뿌려지지만

야수가 울부짖다 떠난 육체는 폐광의 입구다
사람들이 다녀간 비듬만 채석장에 쌓여 있다
구겨진 지전 한 닢 돼지 코에 비수처럼 꽂자
다시 재빠르게 철봉에 매달려 몸을 비트는 짐승
선수나 관객이나 철봉에 매달려 죽는 밤이다

나의 갠지스, 천수만

겨울 철새의 새오름이 하늘로 솟구치는 천수만 상펄은
조금 사리가 뒤바뀌는, 달이 태어난 바다의 배꼽이다.
라텍스 피부를 가진 바닷물이 양수처럼 가득 차오르는

천수만은 원래 초승달에 생일로 태어났지만
천 개의 연꽃잎을 어둠에 감추고 매일 밤 한 장씩만 떼
어서
유백색 둥근 얼굴로 바다의 장지문을 열었다 닫았다 한
다.
장대 키를 훌쩍 넘긴 달빛이 머리를 산발하고 옆구리에
물 항아리를 둘러멨다.
항아리에서 연신 국자로 물을 퍼 수량을 조절하며 부드러
운 입김으로
바람을 불러 체에 모래를 곱게 거른다

비옥한 여신의 보름사리.
주름 잡힌 달의 옆구리에 밀물 들면
바다는 살과 살이 맞닿은 강줄기의 안주머니 깊숙이 가
죽 지갑 속에
외씨를 심듯 패류(貝類)의 꿈을 꼭꼭 숨겨 둔다.

아무도 알 수 없는 은밀한 밤에 섬들이 토한
잠 덜 깬 모시조개의 탯줄을 받아 내며

밤마다 천수만에 뜨는 바르한의 초승달은
별과 바람과 노을을 통해 모든 생명을 제각각 길러 낸다.
그중 세 번째 통로인 상현달은 하늘의 미간에 위치해 있
기에
생각이 너무 무거워 차라리 눈을 감고 있다가,
결국 밝은 해를 보지 못하고 섬이 만든 캄캄한 그리움 속
에서
바다의 음성을 겨우 매만지다 어둠의 동공에 투신했다

두 갈래의 길로 빛이 새어 나와 다시 불꽃을 만들어 낸다.
놋쇠로 만든 폭풍의 삼지창을 미풍에 삭힌 다음 남게 되
는
그날그날의 불 꺼진 재는 바다의 지붕 위에 낙조로 흩뿌
려져
주꾸미와 새조개를 기른 양막에 오래 유등으로 흘러 부
활한다.
철새 울음이 쌍발 썰매를 끌고 온 겨울,

찾아온 새들이 하늘이 내준 빈 관절 하나를 입에 물 때
석화는 혹한을 털모자로 짜 머리에 쓰고 살을 채운다.
이때 바다에 가득 찬 달빛은
눈발이 날아와 앉았던 느린 염기를 활활 태워
우둔한 결빙을 온몸으로 버티며 건너가고

햇살이 내려앉는 대낮엔 집게발을 높이 쳐든 황발이가
앞마당 갯벌 가득 떼를 이루어 양귀비 꽃밭을 일군다.
붉은 만다라를 게들이 연신 비눗방울처럼 퐁퐁 게워 내며
경건하게 강심을 향해 오체투지하는 순간,
붉은 구름은 반들반들한 썰물을 하루 종일 멍석처럼 말고
갔다
다시 가볍게 밖으로 펼치고 나온다

천수만엔 낮과 밤을 지피는 파도의 키에 맞춰
무려 삼억 삼천의 달빛이 퍼뜨린 물고기들이 이웃하며
산다.
밤마다 그들은 마른 나문재 가지로 어둠을 먹물로 찍어
풍요를 비는 색색의 타르초를 상형문자로 새긴 다음,
해 질 녘 가창오리 떼의 길게 목 뺀 울음소리에

마지막 햇살을 얹어 광목천으로 펼치는 것이다

●상펄: 서해 천수만 한복판에 있는 모래땅. 물이 따뜻하고 모래가 얕
아 물고기들이 산란하러 모여드는 장소.

손님

춘삼월 제비처럼 마당에 트럭이 왔다
꿈 많은 벽돌을 싣고 지름길로 달려왔다
빨갛게 구운 메밀묵 추억을 싣고 왔다
내가 평생 싣고 다니던 물건과는 다른
잘 마른 철근을 가득 싣고 트럭이 왔다

언제 누가 봐도 다정하고 근엄한 모습,
꽁지를 내리고 등짐을 부리는 트럭을 보면
들소가 밭가에 서서 오줌을 누는 자세랄까
그럴수록 말을 아끼면서 겸손한 트럭

내가 너무 트럭을 신봉한다고 놀리는 자도 있다
부러지는 종이의 영혼을 어루만지는 작업에 몰두해
내가 신경쇠약에 걸렸기 때문에
높은 산정에 오르기 위해 가속기를 힘차게 밟는
트럭의 용맹을 나는 부러워할 수밖에 없다

트럭을 만날 때마다 가벼운 농담도 못 하고
공사장 근처에 심부름 갈 때나 만날 수 있는데
그때마다 건축주가 나와서 떨고 있는 모습이란

평생 창고에 숨어 지낸 고철 덩어리와 같다

트럭의 마력을 모르는 세상의 얼간이들에게
폭풍을 뿜어내는 트럭의 위용이나 한번 보여 줄까
트럭은 몸통을 세우고 눈보라에 끄떡도 없어
단숨에 해동청 날쌘 매로 산을 넘어서기 일쑤다

컴퓨터 화면의 커서처럼 생각은 반들거리는데,
밥 먹고 뛰어온 사이 온데간데없이 사라진 트럭
억센 깃털을 가진 장돌뱅이 떠돌이야말로
경배하고 싶은 천년 세월 은행나무를 닮았다

나의 넓은 마당에 트럭이 와서 닻을 내리던 날
나른한 정신의 횃대에 봄날 곰팡이가 피어나듯,
뒤뜰에서 수탉이 날아와 목이 터져라 외쳐 댄다

여러분! 우리 집 마당에 손님이 왔어요

힘내라 짜장면

옛날 짜장면을 먹으러 갔다

자리에 앉자마자 한 방 때린다
주문하기가 무섭게 어퍼컷 날린다

옛날은 이렇게 준비된 것인가
옛날은 이렇게 개관(槪觀)된 것인가
옛날은 이렇게 날렵한 것인가

티브이에서 권투 시합을 하고 있다
정신없이 짜장면을 먹고 있지만
한 놈은 두들겨 패고 한 놈은 그로기다
피는 계속 흐르고, 벨은 울리지 않으니

우리도 매일 링 위에서 피를 흘린다
녹화 없는 생중계뿐
옛날은 가고 생은 언제나, 지금-여기에

처참하게 짜장면이 엎어졌다
다시 한 놈이 그로기다!

그녀의 비린내

    가끔 엄마와 전화만 해요. 얼굴은 볼 수 없고 앓아누워 계시니 귀도 먹었고 이제 눈도 잘 보이지 않는 불쌍한 엄마. 그렇지만 난 갈 수 없고 주말은 친구들과 늘 술 마시느라 바쁘고 골프도 쳐야 하고 가끔 남자 친구도 만나서 야외로 드라이브라도 가야 하니까 몹시 시간이 안 나고요. 게다가 가상화폐하다 얼마 전에 비트코인 대박 나서 통장의 잔고는 넘치고 넘쳐 띵호아 띵호아 황금만능 인생이 됐죠. 마음은 엄마가 보고 싶지만 난 감기에 걸린 척 몸살이 난 듯 피곤해서 잠만 자고 있는 순한 딸이죠. 오늘 아침에도 엄마한테서 전화가 왔어요. 난 당연히 잠에서 덜 깬 듯 말을 더듬거렸고요. 엉 엄마 뭐, 뭐라구요? 집에 텔레비전이 고장 났다고, 요. 네 알겠어요. 곧 제가 내려가서 중고 티브이 한 대 사 드릴게요. 그런데 어쩌죠, 이번 주말도 또 스크린골프 모임이 있어서 남자들이랑 희희낙락 놀아야 하는데 집에 언제 들어갈지. 엄마는 계속 차가운 방에서 나를 기다리고 있겠죠. 그래도 난 남편이 반찬이 맛이 없어, 그런 말을 하면 외제 차를 몰고 아홉 정거장을 가서 반찬을 사 날라요. 겉절이 가지나물 도라지나물 멸치볶음 열무김치 부추김치 감자조림 바로 엄마손반찬가게죠. 엄마는 아라비아 상인처럼 평생 수건을 쓰고 밭고랑에 엎드려 김을 맸어요. 고랑에 도르래가 달린 듯 일정한 동작으로 왔다 갔다 하는 엄마의 머릿수건. 그걸 그대로 쓰고 초등학교 때 담임선생님을 뵈러 교실로 불쑥 찾아오신 우리 엄마. 엄마의 손에는 짚으로 엮은 꾸러미 안에 달걀이 한 줄 들어 있고, 내 눈에 띄는 순간 내가 병아리처럼 부화해 교실을 뛰어다니느라 얼마나 당황했는지 모르죠. 운동장 끝까지 달려 나가 느티나무 그늘에 종일 톡 쏘는 쐐기벌레로 변신해 숨어 있었죠. 그날 점심도 굶고 말입니다. 엄마는 학교 운동장을 넓히려는 새마을운동 부역에 종일 곡괭이로 땅을 파는 일에 불려 나오신 거구요. 엄마는 만날 수 없고 나는 요즘 엄마손반찬가게만 뻔질나게 들락거리려요. 엄마도 한때 읍내에서 생선 가게를 했어요. 아버지가 노름빚에 쪼들려 얼마 안 되는 땅을 다 날리게 되자 호구지책을 찾다 보니 시장 한 귀퉁이를 찾게 된 거죠. 엄마 몸에선 늘 생선 비린내가 진동을 했고 온통 비늘이 달라붙어 난 엄마가 곧 고등어나 우럭이 되어 바다로 들어가는 줄 알았어요. 아버지는 역겨운 비린내가 싫다고 그 후 소식도 없이 고운 여자 만나 딴살림을 차렸고요. 늦게 귀가하는 엄마는 서둘러 밥을 지었고 반찬은 대충 한두 가지로 때웠죠. 그래도 시장기에 허겁지겁 맛이 있었죠. 팔다

남은 생선 대가리 몇 개에 바지락 넣고 끓인 서덜이 찌개는 엄마 손이 만들어 낸 별미였고, 내 어릴 적 식사의 호사였죠. 생활이 바빠서 엄마는 만날 수 없고 나는 요즘 엄마손반찬가게만 방구리에 쥐 드나들듯 들락거려요. 오늘도 엄마는 차가운 방에서 홀로 세상 제일 착한 딸을 기다리고 있겠죠. 하지만 항상 내가 바쁘니 주말에나 엄마와 짧은 통화가 가능하겠고, 생각할수록 엄마손반찬가게가 집 가까이 있어서 정말 다행입니다…… 이제 그만 가 볼게요. 여자가 갑자기 술잔을 놓고 비척거리며 자리를 떴다.

샛별바다 쌀썩은여

세금으로 거둬들인 쌀을 압령만호(押領萬戶)가 빼돌리다 윗선에 적발되었다. 그는 자신의 잘못을 감추기 위해 '여'가 많은 바다로 배를 몰고 가 부딪치게 하여 일부러 수중에 침몰시켰다. 배에서 쓸려 나온 세곡이 모래와 함께 풍랑에 밀려와 싹 한번 틔우지 못하고 '여'가 빤히 보이는 해변에서 썩어 갔다. 이때 쌀을 배불리 주워 먹게 된 가난뱅이 주꾸미들이 있었다. 가득가득 머릿속에 하얀 쌀을 채우고 또 채운 뒤 바닷가 '여'의 그늘, 이슥한 집에 밤마다 모여드는 일이 일어났다. 물때를 아는 사람들이 이를 모르리오! 해마다 주꾸미 쌀밥을 잊지 못한 어민들이 횟불을 들고 꾸역꾸역 '여' 근처로 찾아들었다. 여! 여기여, 이 바닥에서 쌀이 지천으로 썩고 있네

제단에 올릴 쌀밥을 짓던 어린 며느리가 밥이 다 됐는지 알아보려고 밥알 몇 개를 시어머니 몰래 집어 먹었다. 그걸 본 시어머니가 밥을 훔쳐 먹은 줄 알고 그녀를 심하게 매질했다. 구박에 견디다 견디지 못한 새아기는 뒷산에 올라가 소나무에 즉시 목을 매어 죽었다. 그 뒤 어린 며느리가 묻힌 황토 무덤에서 뒤틀린 꽃나무 한 그루가 가뭄에 솟아 나왔다. 밥에 얼마나 한이 맺히고 맺혔던지 꼭 고

98

두밥을 닮아 고슬고슬한 꽃을 머리에 인 나뭇가지들, 밤 하늘의 별들이 나무에 쏟아져 스며들어 갔다. 여름이 다 가오자 이팝나무 꽃을 좋아하는 부황(浮黃) 난 벌과 나비 들이 웅성웅성 모여들었다. 이때쯤 보리 이삭이 파도처럼 패고 '여'가 보이는 능선엔 쌀알이 뭉게뭉게 피어올라 천 지를 덮어 버렸다.

●'여(礖)'는 썰물 때에는 바닷물 위에 드러나고 밀물 때에는 바다에 잠 기는 바위로, '쌀썩은여'는 태안 안면도 신야리 샛별해수욕장 아래에 위 치하고 있는 암초 지역을 일컬음.

달마의 눈꺼풀

지금 풀잎이 내게 무슨 말을 하는 겁니까
대나무 지팡이 같은 거 땅에 꽂아 놓고
근사한 당나귀 타고 여인숙 앞을 지나간
눈먼 건달 이야기를 하는 건가요
무쇠 가마솥에서 미인의 속눈썹이 나왔다고,
박박 우기는 거죠

당신께선 붉은 수염을 구하려고 이 밤중에
서역으로 급히 떠나신다고요
자신의 업적을 남기기 위해서 신던 미투리를
방문 앞 문고리에 척 걸어 놓는다고
어둠을 밝힐 불밝이쌀이라도 생기나요?
거기서 잎이 나고 꽃이 피고 가지가 뻗고
열매를 맺어 아름다운 향기를 천하에 풍긴다고,
세상이 달라질까요?

쇠약하신 아버지께선 큰집엔 왜 가셨죠
대뜸 냉대를 당하자 굽은 허리를 막대에 의지한 채
길바닥에 쓰러져 돌아가신 후 그 자리에서
푸른 나뭇잎이 돋아났다고요, 영혼을 위로하는

풀잎 한 잎이 내 심장에서 자랄 수 있을까요

버드나무 지팡이를 삼거리 입구에 세웠다고요
나무에 움이 트면 너를 데리러 오마, 하고 달랜 뒤
새처럼 홀연히 길을 지우고 멀리 떠나셨다고요
그렇게 스쳐 간 늑골을 기다리는 풀잎도 있을까요

당신이 대뜸 꽂아 놓은 지팡이에서 싹이 나와
이제 풀잎이 돋고 그림자가 우거져 제법
초록이 속으로 까매졌습니까?
그것만이 사람들이 바라던 기적이었을까요

끝없이 영생을 꿈꾸는 주문(呪文)에 시달렸고
몽상에 잠겨 날마다 단잠을 설쳤나요
인간들은 영문도 모른 채 비장하기만 합니다
잔에 풀잎 몇 장 띄워 놓고 복면 쓴 사내들이 모여서
중얼중얼, 그래서 무얼 어쩌자는 겁니까?

머위꽃 하얗게 두르고

내가 일곱 살 들어 암자에 머무를 때였다
어느 날 감나무 꼭대기에 벌이 날아왔다
나는 집으로 달려가 눈 어둔 할머니께 소리쳤다
저기 감나무 하늘에 벌 떼가 쳐들어 왔어요

외할머니께서 돌아가셨을 때, 벌들이
머리에 흰 꽃을 두르고 다른 곳으로 날아갔다
꿀벌이 역사(役事)는 하지 않고
슬픔을 머리에 인 채 안절부절못하다니……
벌들이 사나흘 집 근처에서 곡을 한 후였다

사람이 죽으면 벌이 머리에 머위꽃을 두르고
벌통 앞에서 죽음을 슬퍼한다는 이야기를
나비가 이슬비를 맞으며 나에게 일러 주었다

사시사철 주인을 지성으로 섬기는 벌들은
천지간 영물이라서 어느 집에 한번 들기만 하면
논 서 마지기는 주인한테 꼭 보태 주고 나간다고
밥 먹고 마당에 나온 두꺼비가 귀띔해 주었다

제4부

빙도(氷島)를 아시나요?

그대를 만나기 전엔 소문난 안개뿐이었다
밤하늘 가득한 폭포수 천둥소리뿐이었다

누군가는 길 잃은 소수민족이라 부르고
누군가는 변방에 있는 원시림이라 했다

초록이 높은 곳에 살다 보니 쓴맛은 늘고
고요로 세상을 바라보니 절로 단단해졌다

비 냄새가 나거나 바람에 댓잎이 서걱거려도
끝내 구름이 태어난 주소는 알려 주지 않았다

이런 날은 사람이 참다못해 웃는 것일까
낯선 구름의 단맛이 입안 가득 피어났다

어둔 창밖에 내리는 빗소리는 들리지 않았다
지나간 폐허가 우리를 사랑이나 했던 것처럼

게국지 먹고 웃어라

꽃게야, 네가 바다를 끌고 왔느냐
가난한 집 장독대에
다리 한 짝 떼어 놓고
몸은 벌써 떠났는지 네 모습은 없다

단지 속 구름에 얼굴을 묻고
윤사월 송홧가루 소금에
쓰린 손목을 담가 볼까
염소와 나리꽃과 등대, 너희들도 웃어라

박하지를 부르자, 능쟁이와 황발이도
호박을 썰어 뚝배기에 넣어 보자
마른 통고추야 맵게 웃어 봐라
수탉이 걷어차 앓고 있는 텃밭을 부르자
포구의 뒷방에서 이불 감고 파도와 뒹굴자

작은 것을 큰 것에 견주어도 된다면,
별 기교를 부리지 않았지만
땀 흘리는 사랑을 얻고도 남겠는걸

실연에 허물 벗은 꽃게야, 네가
바다의 부엌문을 가끔은 열어 주면 좋겠다

타워크레인 당간지주

당신은 왜 위험한 빙벽에 거처하십니까?
여러 폭의 깃발을 펄럭이며 앓고 있지요
단식으로 곳곳에 녹이 심하게 슬어 있군요
손만 대면 사지가 떨어져 나갈 지경입니다

이마나 어깨도 맥을 짚어 보겠습니다
등뼈가 휘어질 대로 휘어져 틈이 생기고
갈비뼈가 떨어져 나가 몸체가 흔들립니다
당신을 지탱하던 볼트는 빠져 있고
위험한 실핏줄이 계속 뻗어 나갑니다
곳곳에서 창자가 풀려 아우성이고
당신은 육안으로 언뜻 쳐다보기에도
한쪽으로 심하게 뒤틀려 있습니다
균형이 맞지 않아 붕괴 위험이 큽니다
색칠만 하면 눈에 띄지 않기 때문에
당신에게 숨겨진 상처가 무엇인지
모습만 보고 확인할 수가 없습니다
당신이 진 외로움은 수만 톤이겠지만
당신이 지탱하는 세찬 강풍과 폭우는
경험이 전혀 없는 떠돌이가 맡거나

이방인이 운전할 경우가 다반삽니다
당신을 구원할 예언은 들리지 않습니다

지상에서 신호가 전해 오고 있습니다
즉시 긴급 재난 경보를 발령합니다!
이제 바람에 꺾이지 말고 버티십시오
어떤 사상보다 어떤 종교보다 더 높이—
당신은 세상을 이끄는 수레바퀴입니다
매일 허공을 사뿐사뿐 걷고 있는 당신!

화목난로의 즐거움

왜 석유 기름 한 깡통 마시고 싶지? 몸이 추워서 땔감이 필요한 것일까. 그 소설 여주인공이 맡았을 보랏빛 히스 향기처럼 기름 냄새가 왜 속을 태우지. 뭔가 벗겨 내고 밀어내고 싶은 내 몸의 명령일까. 아직도 두꺼운 오물을 뒤집어쓰고 있는 몸, 풀벌레 소리에 책을 읽는 것이 아니라 등잔불 밝은 어둠 곁으로 고구마 줄기마냥 끌려갔을 때 독서를 좀 한답시고 하필 타오르는 등잔을 잠결에 걷어차 석유가 흥건하게 내 배때기를 적셨지. 일어나서 보니 매미 허물처럼 홀딱 벗겨진 뱃가죽. 나는 그때 처음 알았지, 사람에게도 소나 말처럼 가죽이 있다는 걸. 나도 잘하면 장구나 북이 될 수 있겠구나. 매미처럼 껍질을 벗고 목청 좋은 소리꾼이나 될까. 몸에 기름이 붙으면 감잎이 최고여. 뒷집 할멈이 일러서 한동안 떫은 감나무로 변신해 오래도록 달빛을 받고 서 있었지. 어머니, 제 몸에 달라붙은 기름때 좀 벗겨 주세요

내 몸을 뚱뚱한 드럼통이라고 치자. 몸의 테두리 군데군데가 칠이 벗겨지기 시작하고 피부가 찌그러지기 시작했어. 푸른곰팡이가 담쟁이넝쿨처럼 슬슬 기어 다니고, 이리저리 쇳소리가 구르기 시작한 드럼통이라고 치자. 이러

다가 눈이 뭉개지고 코가 깨지고 하다가 그러다가 쭈그러진 양재기가 되기 십상이지. 허리가 몸이 되고 몸뚱이 전체가 외마디가 되는 완벽한 깡통이 되기 십상이지. 한때는 기름진 석유가 가득 찼던 통, 주유용 자바라가 없을 때 석유를 화로에 넣기 위해 대롱을 박았지. 내장의 혓바닥을 빼듯 세게 입으로 기름을 빨아서 집어넣던 일, 그때 살짝 넘쳐 흘러든 야릇한 석유 맛을 잊을 수가 없어. 몰래 마시고 또 마셨지. 청주보다 서늘하고 소주보다 알싸한 향기에 취해서. 물만두에 독한 배갈 몇 병 마시고 구토하면 꽃이 피던 바로 그 골목. 불덩이를 마신 가죽 포대가 무서운 어둠 속에서 얼마나 달아올랐을까. 지울 수 없는 욕정 때문에 석유가 그리운 것일까. 미처 화염을 끄지 못하고 부랴부랴 몸에서 빠져나온 검은 수캐처럼. 제발, 내 몸의 기름띠 좀 떼어 주세요

모기에 대하여

물것에 물린다는 건 사유가 시작된 것
모기가 나를 문 건 내 살갗을 문 게 아니다
내 생각이 막힌 배수관에 칼을 꽂은 것이다

나는 말을 할 줄 아는 인간이니까
작은 모기한테 물렸지
말 못 하는 짐승이었으면,
우직한 소의 일생으로 살았더라면
등에나 진드기란 놈이 내 살을 빨았을 것이다

여물 먹기를 천천히 끝낸 우리 집 암소
하루하루의 성실한 되새김질을 기억한다
모깃불 연기가 길게 은하의 실개천으로 흘러가던
아름다운 여름밤이 화면에 가득 밝아 온다

마당에 멍석 깔고 누워 자던 그 아늑한 시간에도
한 바가지의 피를 남모르게 빨렸던 우리 집 일소
겨우 각다귀나 하루살이에게
내가 아주 소소하게 시달릴 때
추악한 등에의 등쌀에 속으로 애타게 울던

착한 우리 집 식구, 눈이 커다란 일소
말로 원망도 못 하고 그냥 속으로 울기만 했지

모기가 무는 순간
내 사유의 지체가 순간 풀리기 시작한다
꼴이나 여물을 먹고 무더운 여름 서서히 잠을 청하던
가난한 우리 집 외양간 누렁이
말 못 해서 당하는 짐승의 고통에 나는 신음한다

밀렵꾼에게 생뿔이 잘리고도 살아남은
아프리카코뿔소의 비틀거리는 과다 출혈까지

뭐에 물린다는 건 생명의 시작이다
모기가 나를 문 건 내 피부를 문 게 아니다
생각의 세포벽에 붙은 절벽을 부순 것이다
모기가 무는 순간, 나의 슬픔은 꽃이 된다

석양 속으로

검정개 한 마리를 끌고 천천히
소리의 절벽으로 걸어 들어가는 여자
등이 활처럼 굽은 자기 몸에 길을 내며
개를 끌고 하늘로 걸어 들어가는 여자
강물 속으로, 태풍 속으로 걸어가듯
집에 머물지 못하고 마냥 걸어 들어가는 여자
평생 길에서 울다 생을 끝낸 뒤, 다음 생엔
어디를 향해 다시 걸어 들어갈 수 있을까
개를 끌고 벽화 속으로 걸어 들어가는 여자
개를 끌고 과거의 고독한 성벽으로
흑백의 모습으로 비누 거품 속으로
동네 어귀의 느티나무 그늘 속으로
부동산 가게 뒤쪽 좁은 욕망의 길로
마타리가 노랗게 우거진 잡초 속으로
무너진 폐가의 깨진 거울 속으로
가시밭길을 걸어서 천천히 들어가는 여자
개는 여자의 말 못 할 외로움이었을까
잊을 수 없는 남자에 대한 사랑이었을까
극복하지 못한 지난날의 증오였을까
개의 길을 처음 설계한 연구자는 누구였을까

개가 쓴 화려한 모자와 눈 화장과
마냥 갖고 싶던 청아한 방울 소리
한동안 넋을 잃고 바라보는 개가 걷는 길 따라
바람이 걷고 나무가 걷고 버려진 빈 병이 걷고
가끔 개가 아이처럼 앞서거니 뒤서거니
한 여자의 생을 충실하게 답습하며
개를 끌고 천천히 자신의 길을 걷고 있는 여자
밖을 걷지만 안을 향해 묵묵히 걸어가는 여자
개를 끌고 별을 횡단하는, 생이 무더운 여자
보고 있으면 개처럼 평화롭고 아리따운 동네
결국 풍경을 버리고 사라지는 어둠과의 사랑!

내 마음대로 돈가스

꼭 비 오는 날 모여야 되겠니
축축한 날씨가 선량하긴 하지
세상이 온통 재개발에 자기 계발에 난리지만
골목 안 경양식집은 지금 진화가 멈췄어
당장 필요한 것이 무엇일까
그대의 눈빛이 너무 밝단 말이지
어디 불 끄고 모여 봐요
시간을 골고루 나눠 드릴게요
나이프는 오른손, 포크는 왼손
고기를 자를 때는 포크와 나이프가
서로 큰소리 내지 않도록 하며
팔꿈치를 넓게 벌리지 말고
손목만 재빠르게 움직여서 자른다
끌고 온 염소들을 놀라지 않게 하기 위해서다
빙빙 돌리지만 말고 제발 찍어라
새우의 등짝에서 나무가 자라고
완숙된 콩에서 여배우가 걸어 나온다
마카로니가 없었으면 구색이 안 맞지
선택이 일곱 개를 넘으면 너무 많고
다섯 개면 적절해, 세 개면 소박하고

하지만 나는 한 개도 내놓을 게 없다
너는 서울권이라 칼질이 근사해
옛날 터미널 근처 다방 커피 후식에
색동옷 입고 나온 정겨운 각설탕이라
과거를 캐물으면 이마에 자꾸 땀이 흘러
안녕, 다음 생일 때 보기로 하자
지금 타임머신에 몰래 올라탔다면
너는 맨 먼저 무얼 먹고 싶니?

전복(全鰒)

한여름 우리 집에 드디어 온천수가 터졌다
냉수 샤워 중에 바닥에서 끓는 물이 나왔다

뙤약볕을 피해 재빨리 도서관에 갔더니만
사전에 예고도 없이 출입문이 굳게 닫혔다

어제는 고속도로 위 고가다리가 붕괴되고
차량들이 100m 아래로 여러 대 추락했다

재판부는 성적자기결정권이 흐릿하다고
젊은 여성 피해자에게 돌팔매질을 했다

달리는 승용차 보닛 안에서 불길이 치솟아
도로변 각종 시설물이 심하게 파괴되었다

건물 안에선 작은 구멍과 틈새도 의심하라
카우보이모자를 쓴 몰카 보안관이 등장했다

법원 판결문을 믿지 않는 사람들이 들불처럼
점점 번져 가고 있다는데, 우린 어떡합니까?

나는 전복을 따러 멀리 장가계로 떠났으나
원숭이 떼가 안경을 빼앗고 내 뺨을 때렸다

꽃의 연대기

정류장이 가까운 곳, 낯선 길거리에 그는 버려졌다. 그곳에서부터 구름의 일생은 고행이 시작된 것. 얼마간 울다가 낯선 누이의 손에 이끌려 간 곳엔 천 길 밑으로 흐르는 시궁창이 보였다. 식판을 하나씩 든 이 빠진 아이들, 까만 보리밥을 주먹질로 집어먹으며 울부짖었다. 늦봄이 지나자 태양은 그의 뼈마디를 더욱 야위게 만들어 몸의 기둥이며 서까래를 서둘러 세웠다. 그는 빠듯한 살림에 잎사귀 한 잎씩 알뜰하게 틔워 더위를 이길 그늘을 새끼 꼬듯 엮어 천장 낮은 초가집 이엉을 촘촘하게 만들었다. 조용한 집에 난데없는 손님은 한낮에 찾아오는 소나기였다. 견디기 힘든 생의 무게를 피해 산등성이에서 내려와 누추한 그늘 밑에 숨은 빗물은 한 끼 밥을 재촉했다. 그는 원래 근골이 강해 가난에 찌든 막힌 물관부를 찾아 구멍을 뚫고 길을 내어 물과 영양분을 잘도 퍼 날랐다

그는 하얀 반죽을 입에 물고 어딘가로 일렬로 이동하며 집을 빠져나갔다. 그는 온종일 털다 만 보릿대를 엮어 틈새가 난 지붕을 기를 쓰고 팔 벌려 막았다. 날마다 구름은 어김없이 더위를 몰고 와 덧난 상처를 요구했다. 꽃숭어리들이 제각각 흠칫 놀라 끝없이 발열하고 스스로 더위가

자리에서 물러날 때까지 흉터는 이어졌다. 그는 석 달 열흘 붉은 울음을 부지런히 두레박에 퍼 날랐다. 때때로 도랑에서 물길을 잡던 흙 묻은 삽을 씻으며 절망했다. 꽃들이 부챗살처럼 느리게 흔들흔들 몸을 움직였다. 나무의 허리 아래로 뜬구름을 감아 치마 속에 잠재우면 강물은 잠시 배가 불러 출렁이는 만삭의 무덤이었다. 물결 위로 고추잠자리가 날아와 풀잎에 자리 잡고 천 개의 망막으로 심심한 봉분 하나를 삼켰다. 그의 욱신거리는 관절마다 밤이 오고 별자리가 자리했다. 짧은 사랑이 꽃무리를 흘겨보는 푸른 연못이 다가왔다. 바람이 그의 배꼽에 귀기를 남기고 떠나자, 천둥소리가 다시 붉은 구름으로 피어났다

파라솔 장터

어미 닭처럼 노점상 좌판을 품고 있는 그늘,
오후가 되자 골목으로 사람들이 빨려 들어간다
당근과 우엉 옆에서 느타리버섯이 말라 가고 있다

발걸음을 붙잡는 야채 가게 할머니들
아저씨 미나리 좀 사세요
미나리는 줄기가 길어야 먹잘 것이 있는데
이놈들은 쭉쭉 잘도 빠졌네요
한 단 사서 드셔 봐요
장사가 잘되면 아저씨한테까지
넌출이 넘어간대요
얼마예요, 삼천 원
그럼 더덕 몇 뿌리도 살 테니 주세요

시장 입구 재건축 공사장 옆으로
노점 좌판을 준비하는 할머니들이
매일매일 소문 없이 북새통이다
전철역 대로변 노점상 단속이 뜨면
우왕좌왕 자리를 옮겨야 한다
깨끗한 거리를 만들기 위해 일순간에

단속반 소나기가 퍼부을지 모르는 일

은단풍이 곱게 어깨에 내려앉은 할머니가
더덕 한 움큼을 보자기에 놓고 껍질을 깐다
첫서리에 푸른빛을 잃어버린 꼬마 주먹만 한
호박들 대여섯 개도 놓여 있다
해가 질 때까지 서성거리는 얼굴들

녹색 신호등마다 그 호박들이 반짝거렸다
내 눈에 자꾸 밟히는 하루살이, 불빛들
시든 거 떨이로 국 끓이고 나머지는 삶아
고양이 밥 주면 그만인데, 왜 그냥 지나왔지
후회가 빨간불 신호등처럼 깜빡거린다
파라솔 아래 그늘로 초승달이 찾아든다

별빛이 내려 번진 것처럼

　그때 늙은 호두나무 그늘진 저녁 해거름에 쫓기듯 당신의 누추한 집을 바람처럼 빠져나왔지요. 세월이 은하수로 흘러 소나무 보굿이 두껍게 몇 곱으로 일 듯 말 듯. 먼 산 암벽에선 저녁 햇살들이 서둘러 귀가하느라 맨발로 까맣게 타오르는군요. 나는 냇물이 지나간 돌다리에 서서 당신의 둥근 얼굴이며 아란야(阿蘭若)며 주변 울타리를 생각해 봅니다. 당신이 베어 낸 눈꺼풀에 취해 일순 길을 잃고 헤매다 살기가 급습하면 깜짝 놀라서 날마다 선잠에서 깨어났지요. 아마 천년이 지나가면 당신은 검어지고 다시 천년이 지나가면 당신은 하얘질 것입니다. 길이란 천년쯤 지나가면 사라졌다가도 다시 천년쯤 흘러가면 새롭게 길이 열릴 수 있으니까요. 누구십니까? 천년의 꿈속에서 비구름을 부르며 마이트레야(彌勒)가 되고 싶었던 당신은.

　양각(羊角)이 그은 하늘 금 아래로 오붓하게 모여 사는 정다운 내 동무들 모두 잘 있겠지요. 우두커니 우물 하늘을 지키던 오랜 말벗 느티나무, 묵은 감나무에서 이른 새벽을 알리던 꿈결 속의 딱따구리, 할머니께서 열반하시자 머리에 하얀 띠를 두르고 나온 대숲 아래 토종벌. 서로 변함없이 함께 어울려 투명한 산기슭에 핀 하늘색 수국처럼 소담하게 꿈을 꾸겠지요. 지금쯤 하얀 굴뚝 연기가 힘없이 풀어져 허기진 대추나무 위로 피어오르고, 느린 뻐꾸기 울음 몇 조각 졸음에 겨워 송홧가루 노란 음률로 꽃밭에 살살 내려앉겠지요. 오동나무 반닫이 궤짝은 여전히 한쪽 구석을 지키면서 그 옛날 무서웠던 도깨비불을 기억이나 하고 있으려나.

참죽나무 새순 향기 코끝을 맴도는 장대 끝 언저리로 어린 생애를 더듬어 빙빙 어지럼증으로 돌아서 가면, 내 지나온 가계가 손금처럼 선명하게 물방개로 헤엄쳐 청석비편(靑石碑片)에 살아옵니다. 저물 무렵, 그곳은 어두운 갱도 끝에서 환하게 쑥 냄새가 타오르며 별자리가 점자로 돌아나 아직도 어김없이 따뜻한 빛을 내는 곳입니다. 왼손은 아래로 오른손은 위로 가지런히 구름의 연꽃을 받쳐 든 당신의 자태. 생각하면 흡사 어린 소년의 아버지 같던 모습이 떠오르며 마냥 삶의 가뭄을 위로하며 감싸 주던 미소가 아직도 실낱같이 나를 부르며 연화 좌대 위에 넉넉하게 올려놓습니다. 아아, 바람에 떠도는 감꽃 향기로 뭉쳐 한달음에 달려가 당신의 몸을 적시는 투명한 소낙비로나마 현신할 수 있다면.

거친 짐승 울음소리 헤치고 칡넝쿨이 무성해져 산허리를 감싸는 향기로운 계절입니다. 항상 보채고 투정 부리던 산비탈 나무들 애잎에 녹색 광선을 던지며, 언제나 묵묵부답인 당신이 오늘은 용화세계의 주인입니다. 귀가 커서 소리를 보고 둥근 얼굴로 여전히 말없이 앉아서 높은 산 그림자를 하염없이 어루만지던 당신은 세상의 꽃밭이며 바다입니다. 새소리와 시냇물이 깃든 버드나무이며 어둠과 새벽이 쉬고 있는 장독대입니다. 언제나 곡진한 마음으로 명아주 지팡이를 붙잡고 탁발을 끝낸 산새들의 늦은 귀가를 한량없이 바라보고 계십니까? 적막강산 외진 곳에서 서쪽 노을이 손을 뻗어 발(簾)을 내려 주기 시작합니다.

가녀린 잠자리가 와서 앉고 여름 말매미가 제철을 목청껏 노래하는 맑은 동화 속에서 한 세계를 정성껏 고치 짓듯 매만지고 계실까요. 서늘한 느티나무 그늘로 오려 만든 멋쟁이 육각 모자를 쓰고 허허하며 너털웃음을 온종일 보내는 내력으로 마주 선 당신. 아미산 상대나 중대가 선한 눈짓으로 보라색 물든 자운영 꽃판 위에 장기라도 한 수 두자고 청하면 오늘은 아닐세, 아닐세, 하며 여유를 찾고 흰 구름과 물안개로 얼굴을 씻던 당신. 산작약 향기 몇 줌 골짜기에 골고루 뿌리겠지만, 다래 머루 넌출 우거진 차가운 물에 청가재, 두꺼비, 풍뎅이, 하늘소 불러 모아 물장구치고 얘기하며 종종 발도 함께 담그겠지요. 당신은 언제나 모든 계절입니다.

 잠깐 산그늘 경계 안으로 돛배 한 척이 망망대해 건너서 내게로 노를 저어 옵니다. 내가 가꾼 뒤란의 대숲에 풍경 소리가 들려오고, 낮잠에서 깬 어린 나그네 한 분 소나무 우거진 초가지붕 곁으로 달려갑니다. 드디어 수묵으로 그린 옛집에 소년이 물구나무서서 천천히 사철나무로 변해 갑니다. 그때 지나가는 여우비가 아미산 쪽으로 내려앉고 장명등에 가물가물 불빛이 새어 나옵니다. 당신은 천년 돌 속 깊은 잠에서 깨어나 영험한 신불이 되었습니다. 나는 일찍이 당신이 바위에 주문을 불어넣어 태어나 푸른색 먼지로 떠도는 별빛. 말을 잃은 그곳, 나는 적막 속에서 본래면목으로 돌아가겠습니다. 내 생의 물고기자리, 미산면 용수리 양각산 금강암.

열매는 지루하다

매미 소리가 폭포수처럼 흘러내리자
더위가 땅바닥에 떨어지기 시작한다
왜 둘이 아니고 셋을 주머니에 숨겼을까

절벽 아래쪽으로 흐르던 강물 따라
흘러내려 온 나무 종자들이
정착하여 청동기 마을을 이루었다

9호 태풍 마이삭이 와도
10호 하이선이 와도 끄떡없는 열매를 따라
오늘도 달빛에 홀로 길을 묻는다

반쯤 물든 하늘 끝 구름이 떠간다
나는 점프를 해 보지만 도무지 잡을 수 없다
허공에 피어난 까만 집
닥지닥지 닿을 수 없는 등불
부서지겠지, 언젠가는 먼지의 물살로

무증상 감염, 여행에서 돌아와 보니
상자 속의 염주는 탕이 나 있더군!

속이 답답해 털이 난 것일 테지

햇볕은 느리고
모감주 열매는 탱탱 잘도 마른다
눈을 크게 뜨고 지상을 향해 투신할 듯
비행기 소리 멀리 잦아들 때

씨앗이 흑차(黑茶)로 서서히 익는 시간,
내가 몸을 어루만질수록 윤기가 나
다시 고향에 태어나고 말겠다고 했나

거꾸로 누운 나의 이마에 달은 뜨고
이제 바닷가 마을로 돌아가야지
네가 걸어온 길 접어서 책갈피에 끼워라
타고 온 보트는 숲속에 경전으로 숨겨 두고
그만, 그만, 매달린 여름은 지루하다

●탕이 나다: '곰팡이가 피다'라는 뜻의 충청도 방언.

미산(嵋山)

그곳은 눈을 뜰 수 없을 만큼 바람이 세다고
역시 찔레꽃 향기로 당신은 세월을 보내왔다

나는 유배를 가도 하필 양각산 그늘 아래
외딴곳 미산이냐며 중얼거린 적이 있었다

땀을 뻘뻘 흘리면서 수제비를 먹던 일은
순전히 산의 무쇠 같은 기운 때문이었다

갈 데가 없어 거기까지 흘러갔겠느냐만

어느 날 지나는 길에 잠깐 소낙비로 들렀던
대추나무가 많은 절집이 당신이었을 것이다

냇물 지나 어디쯤 자운영 가득 핀 들녘에
연신 자신의 상처를 핥기만 하던 산 그림자

삵 한 마리가 쓰러져 흐느끼고 있었던 것이다

어쩌면 미산은 세상을 등진 당신을 품고

까닭 없이 울고 있던 깊은 우물이었으리라

세상에서 슬픔을 받은 만큼, 세상 밖으로
걸어 나오지 못했던 청산 속 종소리였거나

나의 연못과 미륵사지탑

길이 어둠을 밝히면 빛이 될 수 있고
빛이 길을 밝히면 신앙이 될 수 있다

탑은 꿈을 꾸기 위해 물에 들어갔을까
물속에선 걷지 않아도 길을 낼 수 있으니까
길이 쉽게 끊어질 아무런 이유도 없으니까

시간이 지나가면 길은 다시 열릴 테고
길이 생기면 사람들은 다시 모일 테고

길이 없다고 잠에서 깨어날 이유는 없다
길은 언제나 꿈에서 꿈으로 이어지니까

천년을 기다려도 길이 보이지 않는다면
누구나 어김없이 벼랑 끝에 설 수밖에
물가에 서서 자신의 그림자를 드리울 수밖에

연못은 나와 탑 사이에 놓인 일주문일까
물속에서 꼬리를 휘젓는 용이 보인다
용은 이내 물속 탑 안으로 숨어 버렸지만

경전을 읽으며 꿈의 길을 걷는 낙타

이성혁(문학평론가)

1.

하재일 시인의 일곱 번째 시집 『달마의 눈꺼풀』을 통독한 독자들은 불교적 세계관을 바탕으로 한 깊고도 독특한 시 세계와 만나는 경험을 했을 것이다. 이 '해설'을 쓰고 있는 필자도 그렇다. 사실 필자는 이 시집이 펼쳐 낸 세계의 깊이를 헤아리기 어려웠다. 중국 선종(禪宗)의 시조인 달마대사의 가르침에 대해서도 잘 알지 못한다. 이 시집 제목에 등장하는 그 달마 말이다.(그러니, 지금 쓰고 있는 이 글은 해설이라기보다는 이 시집을 읽은 한 독자의 느낌과 생각을 구성해 보는 정도의 글이 될 것 같다.) 시집 제목인 "달마의 눈꺼풀"에 대한 일화 정도는 간략하게나마 알고는 있다. 참선 중인 달마가 그만 잠이 들었는데, 잠에서 깨어난 그는 자신에게 화가 나서 자신의 눈꺼풀을 잘라 버렸다. 그런데 땅에 떨어진 눈꺼풀이 차나무로 자라났으며, 그 이후 선승들은 참선 중에 차를 마시며 졸음을 떨쳐 버리는 전통이 생겼다고 한다.

그런데 달마는 왜 눈꺼풀을 잘라 버린 것일까? 그것은 언제나 뜬눈으로 살아가겠다는 의지를 표현한 것 아니겠는가. 깨어 있는 정신으로 살겠다는 의지. 하재일 시인은 이 일화를 가져와서 표제작을 썼고, 「시인의 말」에서도 이 일화를 활용하여 자신의 시 세계에 대해 응축적인 말을 남겨 놓았다. "내가 스스로 베어 낸 눈꺼풀을/이제 아득한 별자리에 버리겠다"는 시인의 말. 시인에 따르면 그 "머나먼 우주"에 있는 "아득한 별자리"에는 '마이트레야(미륵)' '혈액형'의 피가 흐르고 있다고 한다. 먼 미래에서 도래할 부처인 미륵은 세상을 구원할 메시아와 같은 존재 아닌가. 그러한 구원의 피가 흐르는 곳이 저 "머나먼 우주"의 "아득한 별자리"라고 한다면, 그 '별자리'는 시인의 마음속 우주에 있는 것이기도 할 터이다. 미륵의 세상이 도래하는 구원에 대한 시인의 희구가 시인의 마음속 우주에 미륵의 '별자리'를 형성했을 것이기에. 시인은 자신이 자른 '눈꺼풀'을 그 '별자리'에 버린다. 그곳에서는 달마의 차나무와 같은 '나무-시'가 자라날 터, 그 나무의 이파리(시편들)의 모음이 이 시집이 겠다.

> 내가 가꾼 한 그루의 나무를 지키기 위해
> 전의에 불타는 나뭇잎을 오려 붙이고
> 태양의 흑점을 향해 총구를 겨눕니다

경전이 마르지 않는 낙타를 타고 갑니다
지도에서 지워진 옛 성터를 찾아갑니다
　　　　　　　　　　—「사막에서 사는 법」 부분

　　이 시집에 첫 번째로 실려 있는 시의 후반부다. 시집 첫
머리에 실린 시는 그 시집의 시 세계를 압축하여 드러내는
서시 역할을 하곤 한다. 위의 시 역시 이 시집의 서시처럼
읽힌다. "내가 가꾼 한 그루의 나무", 이 '나무'는 바로 자신
의 '눈꺼풀'을 스스로 잘라 묻은 "아득한 별자리"에서 자라
난 것이리라. 다시 말해 이 '나무'는 이 시집의 시편들을 이
루어 낸 자신의 시 세계(깨어 있는 정신으로 가꾼 한 그루의 시 세
계)를 의미한다고 하겠다. 그렇다면 이 세계를 지키기 위해
"오려 붙"인 '나뭇잎'들이란 바로 이 시집의 시편들을 가리
킬 것이다. 시편은 어떻게 이루어질까? 시인이 살아 나가는
곳은 태양의 빛살이 내리쬐는 '사막'이다. 이 존재 조건의 핵
심인 "태양의 흑점을 향해 총구를 겨"누면서, '전의를 불'태
우면서 시편들은 써질 것이다. 다시 말해 '사막'이라는 존재
조건과의 투쟁을 통해 시는 지켜질 수 있는 것인데, 그 투쟁
이란 "옛 성터를 찾아"가는 일이다. 지금은 사라져 "지도에
서 지워진" 그 '성터'는 어떤 곳일까? 미륵의 세상이 실현되
었던, 어떤 유토피아 아닐까.
　　어쨌든 그 "옛 성터"를 찾아가기 위해서는 "경전이 마르
지 않는 낙타를 타고" 가야 한다. 모든 것을 말라 버리게 만
드는 '사막'의 햇볕을 뚫고 "옛 성터"로 가기 위해서는 '낙

타'가 필요한 것이다. 그 '낙타'는 '경전'을 생생하게 살아 있는 무엇으로 유지시킨다. 지금까지의 독해를 따라 이 '낙타'를 시심(詩心)이라고 읽을 수 있다. 시심은 '경전'이 마르지 않는 마음이다.

2.

앞에서 말한 바를 반복해 보자. 시심을 타고 "옛 성터"를 향해 '사막'을 횡단하는 길이란 시 쓰기의 길이며, 시 쓰기란 '사막'의 세계로부터 '경전'을 읽어 내는 과정이다. 가령 토성 탐사선 "카시니호가 지나간 지평선 위로 방금 찍어 낸 따뜻한 문자 한 아름을 올려놓는"(「눈발이 착륙했다」) 작업이 바로 시심을 통해 '경전'을 읽어 내는 시 쓰기다. 그 '문자'란 시의 제목에서 알 수 있듯이 '눈발'을 가리키는데, 시인은 그 '눈발'로부터 저 먼 우주에서 '카시니호'가 발견한 어떤 심오한 의미('경전')를 읽어 내고 있는 것이다.(이를 볼 때 하재일 시인에게 '경전'은 과거에 써진 것이 아니다. '경전'은 저 '카시니호'가 토성 주변에서 쓰고 있듯이 새로이 써지는 것이다.) 그 '눈발—경전의 문자'는 미륵("옛 성터")과의 만남을 희구하는 시인의 마음에 의해 그 의미가 해독되는 것일 터, 이에 '눈발'은 자신이 해독해 줄 시인을 기다린다.

　　　눈발은 여전히 따뜻한 밥과 국이 된 문장으로
　　　아랫목에 온기를 간직한 채
　　　잔뿌리를 내리며 나를 기다리고 있다

여전히 어순이 뒤엉켜 문장은 서툴고
낯선 나라로 시집간 이방인인 듯
알아듣기 힘든 발음을 하며 눈발이 날린다
　　　—「백록이 뿔이 돋아 우물에 갇혔다」 부분

"알아듣기 힘든 발음"으로 날리는 '눈발'은 대지에 도착하고는 "어순이 뒤엉켜" 서툰 '문장'이 되어 "잔뿌리를 내리며 나를 기다"린다. 왜 그 '문장-눈발'은 시인을 기다리는가? 시인에게 "밥과 국이" 되어 먹히기 위해서이다.(그래서 '눈발'은 시인이 먹고 싶어 하도록 "온기를 간직"하고자 한다.) '경전'의 '문장'을 읽는다는 것은 그 '문장'을 먹는다는 것과 같다. 그래서인지 이 시집에는 먹는다는 행위가 특별한 의미를 띠고 여러 번 조명된다.

그런데 하재일 시인이 먹고자 하는 '식사-문장'은 '야콘'이나 '대나무 이파리', '죽순'처럼 단순한 음식이다. 그는 "냄새나는 벌건 고깃덩어리와 수프/달달한 사탕수수 같은 식사 집어치우고" "세상의 흔한 맛 정도는 까맣게 잊은 채" "깔깔한 대나무 이파리 하나만으로/하루의 허기를 마무리하고 싶다"는 것이다(「야콘 한입 먹고」). 시인에게는 미각을 강하게 자극하면서 배부르게 하는 고기 요리보다는 자연 그대로의 담백한 식물성 음식이 더욱 의미 있다. 스테이크보다는 '잔치국수'를 더 좋아하는 것이다. 시인이 '경전'의 의미를 읽어 내려는(먹으려는) '문장'을 '어순'이 뒤엉키고 서툰 '눈발'로부터 찾아내고 있는 것처럼 말이다. 물론 시인은 자신이

'대나무 이파리'만 먹고 살 수 없다는 것을 안다. 그렇다면 그는 해탈한 경지에 도달한 사람이리라. 그 역시 "세상의 흔한 맛"으로부터 벗어나지 못하는 세인(世人)이다. 그래서 「야콘 한입 먹고」는 '-고 싶다만'이라는 문형의 반복으로 구성되어 있다. 그 문형의 문장은 '-고 싶지만 그러지 못한다'는 의미를 갖는다. 사실 그는 맛의 감각을 무시하고자 하는 사람이 아니라 도리어 '진미'를 찾는 미식가다.

도라지를 찹쌀고추장에 찍어 몇 잔 사발을 들이키니 도라지 냄새가 간밤을 지나 새벽까지 왔다. 닭 울음소리에 놀라 자리에서 눈을 떠 보니 어느새 나는 산속에 외따로 떨어져 피어 있는 한 송이 도라지꽃! 이럴 때면 으레 바닷가 고향 마을에서 먹던 간간한 우럭젓국이 생각났다.

우선 곱게 소금을 친 후 한 사나흘 동안 꾸들꾸들 그늘에 말린 우럭 포에 뽀얀 쌀뜨물을 붓고 두부와 청양고추 다진 마늘을 넣고 푹 끓이기만 하면. 이때 새우젓으로 간을 맞춰서 맑은 탕으로 솜씨를 부리지 않아도 우럭 안에 숨은 마른 햇볕을 잘 꺼내기만 하면 그만인데.

깊은 바닷속 그 맛의 진국이 펼쳐진 검은 늪에 노랑부리 저어새처럼 빠질 수밖에 없었던 것을. 시원하면서도 뒤끝이 개운한 맛인, 억센 우럭 뼈가 내뱉은 해탈의 맛이 새벽 꽃밭에서 서늘하게 나를 불러 세웠다. 비리지 않은 목소리로 허공에 담백하게 외칠까. 진미 났다!

—「우럭젓국」 전문

위의 시에서 확인할 수 있듯이, 하재일 시인의 감각과 그 감각을 표현하는 상상력은 섬세하면서도 스케일이 크다. '우럭젓국'에서 진한 '바닷속 맛'으로 비월(飛越)하는 상상력을 보라. 시를 따라 읽어 보자. 시인은 술을 마시며 "도라지를 찹쌀고추장에 찍어" 먹었는데 아침에 깨어나도 "도라지 냄새"가 가시지 않았다고 한다. 이 "도라지 냄새"는 시인이 자신을 "산속에 외따로 떨어져 피어 있는 한 송이 도라지꽃"에 유추토록 이끈다. 깨어난 새벽에 밀려온 어떤 짙은 고독감 때문이리라. 고독감은 어떤 포근했던 기억을 떠올리기 마련, 그는 "고향 마을에서 먹던 간간한 우럭젓국"의 맛에 대한 기억을 떠올린다. 2연은 고향에서 "우럭 안에 숨은 마른 햇볕을 잘 꺼내"어 맛을 내는 구체적인 방법을 감각적이고 생동감 있는 문장으로 그려 주고 있다. 이렇게 맛을 낸 '우럭젓국'에 대해, 시인은 3연에서 "깊은 바닷속 그 맛의 진국이 펼쳐진 검은 늪"으로 비유한다. 맛의 그 진함을 표현하기 위해 "검은 늪"이라는 이미지를 가져왔을 터, 그 진한 맛은 "억센 우럭 뼈가 내뱉은 해탈"로부터 우러나온 것이다. 하지만 그 진함은 "시원하면서도 뒤끝이 개운한 맛"이기도 하다.

우럭의 '살-삶'을 지탱해 주었던 '뼈'에서 우러나왔기에 그 맛이 진하지만, 한편으로 우럭의 '해탈'로부터 우러나온 것이기도 하기에 그 맛은 시원하고 개운한 감을 주는 것이다. 시인에게 '해탈'이란 "온몸을 해체해서 곧장 구름에 올라타"(「연기」)는 것이기에. 이 우럭의 '뼈'와 '해탈'이 가져오는 진하면서도 담백한 맛, 비리지 않은 그 맛이야말로 시인에게는 '진미'다. 마르지 않는 '경전'은 바로 이 '진미'의 문장으로 이루어져 있을 터이다. 세계 속에서 이 '진미'를 발견하고 감각적으로 기술하는 것, 그것이 세계가 드러내고 있는 '경전'의 '문장'을 종이 위에 옮겨 써 나가는 시 쓰기다. 그 '진미'는 '우럭젓국'처럼 '뼈'에서 우러나올 때, 죽음에 의해 다다르게 되는 삶의 뿌리로부터 우러나올 때 생길 수 있다. 또한 그와 동시에 한 생명체의 '해탈'로부터 '진미'는 우러나오는 것이다. 그래서 시인은 세계 속에서 삶의 뿌리와 '죽음'을 통한 '해탈'의 장면(음식이자 '경전'의 '문자'라고도 할)을 읽어 내고(먹고), 이를 우리의 글로 번역하여 시화(詩化)하고자 하는 사람이다. 이에 시 쓰기란 '우럭젓국'과 같은 음식을 만드는 과정에 유추할 수 있으며, 그 과정에서 시는 '우럭젓국'과 같이 '진미'를 우려내게 될 것이다.

3.

우리는 '우럭젓국'과 같은 죽음과 해탈의 산물을 먹으면서 우리의 삶에 영양분을 채우며 살아간다. 그렇기에 죽음은 삶을 구성한다. 생명의 세계 뒤에는 죽음의 세계가 있다. 죽음과 삶이 뒤엉킨 세계, 하재일 시인에 따르면 이 세계의 축도인 '만다라'를 보여 주는 곳이 '천수만'이다. 그곳은 "나의 갠지스"인 것이다.

　　비옥한 여신의 보름사리.
　　주름 잡힌 달의 옆구리에 밀물 들면
　　바다는 살과 살이 맞닿은 강줄기의 안주머니 깊숙이 가
죽 지갑 속에
　　외씨를 심듯 패류(貝類)의 꿈을 꼭꼭 숨겨 둔다.
　　아무도 알 수 없는 은밀한 밤에 섬들이 토한
　　잠 덜 깬 모시조개의 탯줄을 받아 내며

　　밤마다 천수만에 뜨는 바르한의 초승달은
　　별과 바람과 노을을 통해 모든 생명을 제각각 길러 낸다.
　　그중 세 번째 통로인 상현달은 하늘의 미간에 위치해 있
기에
　　생각이 너무 무거워 차라리 눈을 감고 있다가,
　　결국 밝은 해를 보지 못하고 섬이 만든 캄캄한 그리움 속
에서
　　바다의 음성을 겨우 매만지다 어둠의 동공에 투신했다
　　　　　　　　　　　　　　　—「나의 갠지스, 천수만」 부분

　위의 시는 이 시집의 압권 중 하나로, 유장한 흐름을 통
해 삶과 죽음이 뒤엉킨 세계의 '만다라'를 그려 낸 대작이
다. '바다'가 있고 '섬'이 있으며 "달의 옆구리"인 '천수만'이
있다. 이곳은 "주름 잡힌 달"의 세계다. 그 '달'은 저 암스트

롱이 첫발을 내딛은 달이 아니라 하늘 위의 '달', 우리 상상 속의 '달'이다. 하늘 위 '달'의 세계가 지금 지상에 펼쳐진 곳이 '천수만'이다. 이 세계는 이 지상의 본질을 황홀하게 비춘다. '천수만'은 여러 가지 '달'의 모습을 하고 있다. '초승달' 모양의 '바르한'은 "모든 생명을 제각각 길러" 내며, "하늘의 미간에 위치해 있"는 '상현달'은 "눈을 감고 있다가" "어둠의 동공에 투신"한다. 이렇듯 '천수만'에는 '초승달'과 '상현달', 삶과 죽음이 동거한다. 이 '달'들을 '눈꺼풀'로 유추해서 말할 수도 있겠다. '초승달'은 '눈꺼풀'을 연(눈을 뜬) 모습이고, '상현달'은 '눈꺼풀'을 닫은(눈을 감은) 모습이다. '눈꺼풀'을 연 세계에서는 온갖 생명들이 탄생하며 자란다. '눈꺼풀'을 닫은 세계에서는 '눈꺼풀' 뒤의 "어둠의 동공"만이 존재한다. 눈을 감은 '상현달'이 투신한 그 '동공' 말이다.

'상현달'이 눈을 감은 것은, 위의 시에 따르면, 생각이 많기 때문이다. 그 상념은 고독한 섬의 "캄캄한 그리움"과 연결되어 있다. 그런데 그 '그리움'은 '상현달'처럼 어둠에 투신하게도 하지만 새로운 생명을 잉태하게 하기도 한다. 고독한 "섬들이 토한/잠 덜 깬 모시조개의 탯줄을" 바다가 "받아 내"면서 말이다. "모시조개의 탯줄"은 곧 "패류의 꿈"을 꾸게 할 터인데, "바다는 살과 살이 맞닿은 강줄기의 안주머니" 깊숙한 곳에 그 '꿈'을 '꼭꼭 숨겨' 두고 있다. 이 '꿈'이 자라면서 조개의 살이 껍질 안에서 형성되기 시작할 것이요, 그와 함께 새로운 삶이 시작될 것이다. 이렇듯 "캄캄한" 어둠과 생명의 탄생이 연결되면서 '천수만'이라는

'달'의 세계가 이루어지는바, 이 만은 대낮이 되면 "집게발을 높이 쳐든 황발이가/앞마당 갯벌 가득 떼를 이루어" "붉은 만다라"를 "연신 비눗방울처럼 퐁퐁 게워 내"기도 한다 (같은 시). 이러한 '천수만'에 대해 시인은 이 시 마지막 연에서 다음과 같이 말하고 있다.

> 천수만엔 낮과 밤을 지피는 파도의 키에 맞춰
> 무려 삼억 삼천의 달빛이 퍼뜨린 물고기들이 이웃하며 산다.
> 밤마다 그들은 마른 나뭇재 가지로 어둠을 먹물로 찍어
> 풍요를 비는 색색의 타르초를 상형문자로 새긴 다음,
> 해 질 녘 가창오리 떼의 길게 목 뺀 울음소리에
> 마지막 햇살을 얹어 광목천으로 펼치는 것이다

'천수만'에는 "삼억 삼천의 달빛이 퍼뜨린 물고기들"로 이루어진 생명의 세계가 펼쳐진다. 이승 세계의 '만다라'다. 그리고 이 물고기들이 바로 '경전'의 '문자'를 써서 '타르초'에 새긴다. 오색 천에 티베트 불교 경전을 새긴 바람의 깃발, '타르초'.(타르초는 망자들을 추모하는 깃발이기도 하다. 타르초를 통해 산 자와 죽은 자는 연결된다.) '천수만'의 물고기들은 "어둠을 먹물로 찍어" '상형문자(자신의 몸 자체로 쓰는)'로 '타르초'를 새기고는, "해 질 녘"이 되면 "가창오리 떼의 길게 목 뺀 울음소리"와 "마지막 햇살을 얹어 광목천으로" 그 '타르초'를 펼쳐 낸다. 이 '울음소리'와 '마지막 햇살'은 삶과 죽음의 경

계선을 그리는 것일 터, 이 경계선을 펼쳐 내는 '타르초-경전-천수만'은 자연 자체가 아름답게 '경전'을 써내고 있다는 것을 알려 준다. 그러나 그 황홀한 '경전'은 한편으로 어둠이 내장되어 있는 기록이기도 하다. 죽음의 고통과 섬의 고독이 빚어낸 어둠. 이 '경전'을 발견하여 우리의 말로 번역하면서 써지는 시인의 시편들에는, 그러므로 고독과 고통이 스며들어 있다. 물론 그 고독과 고통은 시인의 마음을 표현한다. 다음과 같은 절절한 절규가 느닷없이 나오는 것은 아닐 것이다.

> 지독한 사랑은
> 사람을 쉽게 굶주리게 만든다고
> 얼굴 없이, 얼굴 없이,
> 빗방울은 계속해서 창문을 깨물고
> 폐광 속으로 서서히 잠기는 건가
> 사내는 혼자 흐느끼다 마는 건가
>
> ─「달마가 취해서 혼잣말로」 부분

"혼자 흐느끼"고 있는 '사내'는 누구인가? 그 '사내'는 '달마'가 자기 자신을 가리키는 것일까? '달마'는 또 누구인가? 시인 자신을 '달마'에 빗대 나타내고 있는 것인가? 시의 문면을 읽으면 명확히 알기는 어렵다. 여하튼 저 흐느끼는 어조의 목소리는 시인의 마음 어느 한편이 내고 있는 것일 터이다. 1연에서 화자가 "떠나면 어둡고 그만 멀기만 하다/

단순한 사랑이 결국 복잡해지듯이"라고 말하는 것을 보면, '사내'는 사랑을 잃은 사람으로 보인다. 그는 어둠 속에 빠져 버렸고 사랑만 아는 단순했던 마음은 복잡해져 버렸다. 사랑은 더욱 지독해졌으며 그를 더욱 굶주리게 만들었다. 사랑하는 이로 향하는 창문을 눈물 같은 빗방울이 흐르며 계속해서 깨물어 댄다. 사랑하는 이의 얼굴을 지우는 빗방울은 '사내'의 얼굴마저 없앨 것이며, 그의 마음을 "폐광 속으로" 잠기게 만들 것이다……. 이렇듯 위의 시는 실연당한 이의 격렬한 슬픔을 강렬한 이미지로 표현해 주고 있는데, 그 실연을 연인을 잃어버린 것으로만 생각할 필요는 없다. 시의 제목에 '달마'가 등장하는 것은 이유가 있을 것이다. 실연을 사랑의 대상인 어떤 진리, 또는 '달마'를 잃어버린 것으로도 생각할 수 있는 것이다.(하지만 연인을 잃어버린 마음이야말로 저 격렬한 이미지에 잘 맞는다고도 할 수 있겠다.)

4.

세계의 '경전'을 읽어 내고자 하는 하재일 시인은 존재자들의 고통을 읽어 내는 데로 나아간다. 이 고통은 그가 발견하고자 하는 '경전'의 중요한 '문자'이기 때문이다. 죽음의 고통을 사유하고 인식해야 그로부터의 해방도 희구할 수 있다. 「모기에 대하여」에서 시인은 그러한 사유를 시작하게 해 주는 것이 '모기'라고 말한다. "모기가 무는 순간/내 사유의 지체가 순간 풀리기 시작한다"는 것이다. 나아가 그는 "모기가 나를 문 건" "생각의 세포벽에 붙은 절벽을 부순 것"이라고 더 강하게 표현하기도 한다. '모기'에 의해 풀리기 시작한 사유는 무엇을 알게 되는가? "말 못 해서 당하는 짐승의 고통"이다. 곤충인 '모기'도 '짐승'이라고 한다면, '짐승'에 의해 물리면서 "짐승의 고통"을 알게 되는 것이다. 시인은 그 고통을 "밀렵꾼에게 생뿔이 잘리고도 살아남은/아프리카코뿔소의 비틀거리는 과다 출혈"의 극한적인 이미지로 표현하기도 한다. 그런데 그는 이 시의 마지막 행에서 "모기가 무는 순간, 나의 슬픔은 꽃이 된다"고 말하고 있다. 무슨 의미일까? 이 '모기'가 가져온 '꽃'의 이미지는 아래의 시 「머위꽃 하얗게 두르고」에서 등장하는 '꽃'의 이미지와 무관하지 않을 터, 이 시를 읽어 보자.

> 외할머니께서 돌아가셨을 때, 벌들이
> 머리에 흰 꽃을 두르고 다른 곳으로 날아갔다
> 꿀벌이 역사(役事)는 하지 않고
> 슬픔을 머리에 인 채 안절부절못하다니……
> 벌들이 사나흘 집 근처에서 곡을 한 후였다
>
> 사람이 죽으면 벌이 머리에 머위꽃을 두르고
> 벌통 앞에서 죽음을 슬퍼한다는 이야기를
> 나비가 이슬비를 맞으며 나에게 일러 주었다
> ―「머위꽃 하얗게 두르고」 부분

'모기'가 시인에게 '말 못 하는 짐승의 고통'을 깨우쳐 준 것처럼, 위의 시에서는 '나비'가 '벌들' 역시 슬픔을 느낀다고 시인에게 가르쳐 준다. '벌들'도 사람을 사랑하고 사람이 죽으면 슬퍼한다는 것을 말이다. 또한 '벌들'은 그 슬픔을 "머리에 머위꽃을 두르고" 사나흘 죽은 이의 "집 근처에서 곡을" 하면서 표현한다고 한다. '나비'는 유계(幽界)에서 온 존재라고 알려져 있다. 위의 시의 '나비' 역시 시인의 외할머니가 가셨을 그 유계에서 날아와 그녀의 죽음에 대한 '벌들'의 진심 어린 애도를 시인에게 말해 준 것일 테다. '나비'뿐만이 아니다. 위의 시 마지막 연에서는 '벌들'의 보은 행위에 대해 시인에게 "두꺼비가 귀띔해 주"(같은 시)고 있는 것이다. '모기' '나비' '두꺼비'는 시인에게 한갓 미물이 아니다. 어떤 진실을 전달해 주고 깨우쳐 주는 스승과 같은 존재자들이다. 그 진실은 세상에 존재하는 존재자들의 슬픔과 고통에 대한 것들이다. 이 슬픔과 고통을 상징하는 이미지가 바로 '꽃'인 것이다. 그것은 슬픔과 고통이 승화된 이미지다. 그래서 애도의 상징물이 된 '꽃'은 슬픔이 슬픔의 발산에 그치지 않도록 해 주는 '경전'의 '문자'가 된다.

이 시집에 동물과 관련된 시편들이 적지 않은 것은 그 동물들이 시인을 세계의 진실로 이끌기 때문이다. 「얼룩무늬 두꺼비와 함께」에서 시인이 두메산골에서 우연히 "주워 업"은 '차돌'을 '두꺼비'로 변신케 하여 그 '두꺼비'와 함께 "머나먼 폐허의 타향으로 느릿느릿" 가면서 세상의 "구석구석을 누"비고 "사막으로 여행을 떠났"던 것도, 시인에게는 '두꺼비'가 세상의 진실을 일러 주는 영물이기 때문이다. 그런데 시인이 주목하는 동물들이 '모기' '나비' '두꺼비' 그리고 '게'와 같은 소위 하등동물들이라는 점이 독특하다. 「제국지 먹고 웃어라」에서 시인은 "가난한 집 장독대" 위에 놓인 '꽃게' 다리 한 짝을 포착하여 "꽃게야, 네가 바다를 끌고 왔느냐"라고 상상력을 비약시키기도 한다. '꽃게' 한 마리가 저 거대한 바다를 끌고 왔다니 말이다. 시인에 따르면 이 '꽃게'는 "실연에 허물 벗은" 존재자다. 그 '게'는 깊은 슬픔을 통과하여 허물과 같은 "몸은 벌써 떠"나보내고 다리만 남게된 이인 것이다. 하지만 그럼으로써 그 '게'는 저 광활한 "바다의 부엌문을 가끔은 열어 주"는 존재자가 될 수 있었다. 실연을 통해 삶의 허물을 벗음으로써 좀 더 광활한 삶의 대양을 볼 수 있다는 진실을 그 '게'의 다리는 시인에게 일깨워 준 것이다.

동물뿐만이 아니다. 시인은 "위험한 빙벽에 거처"하는 '타워크레인'에서 "등뼈가 휘어질 대로 휘어"지고 "갈비뼈가 떨어져 나가" 있으며 "곳곳에서 창자가 풀려 아우성"치는 어떤 극심한 육체적 고통을 읽어 낸다(「타워크레인 당간지주」). 그러나 그 고통으로부터 시인은 '타워크레인'이 "어떤 사상보다 어떤 종교보다 더 높"은 "세상을 이끄는 수레바퀴"(같은 시)가 될 수 있음을 감지한다. 그렇기에 시인은 주변이 신성한 지역임을 표시하는 '당간지주'라는 명칭을 저 '타워크레인'에 붙이는 것이다. 이렇듯 사물을 포함한 동물들과 함께 가는 길은 세상의 고통과 슬픔의 어둠을 새로이 인식하는 길이다. 나아가 그 어둠을 사랑하게 되는 길이기도 하다. "개를 끌고 천천히 자신의 길을 걷고 있는 여자"가 "밖을 걷지만 안을 향해 묵묵히 걸어가"면서 "결국 풍경을 버리고 사라지는 어둠과의 사랑"에 빠지는 것과 같이 말이다(「석양 속으로」). 「사막에서 사는 법」에서 보았듯이 '낙타'를 타고 '사막'을 횡단하고 있는 시인 역시 마찬가지일 테다. 위에서 시심으로 해석한 그 '낙타'는 시인에게 세상 모든 존재자들의 슬픔과 고통에 대해 깨우쳐 주는 동시에, 시인이 어둠과 사랑에 빠지도록 이끌 것이다.

5.

아래의 시에서 보듯이 시인의 '낙타'는 '미산(嵋山)'이라는 곳에 가기도 한다.

> 그곳은 눈을 뜰 수 없을 만큼 바람이 세다고
> 역시 찔레꽃 향기로 당신은 세월을 보내왔다
>
> 나는 유배를 가도 하필 양각산 그늘 아래
> 외딴곳 미산이냐며 중얼거린 적이 있었다
>
> 땀을 뻘뻘 흘리면서 수제비를 먹던 일은
> 순전히 산의 무쇠 같은 기운 때문이었다
>
> 갈 데가 없어 거기까지 흘러갔겠느냐만

어느 날 지나는 길에 잠깐 소낙비로 들렀던
대추나무가 많은 절집이 당신이었을 것이다

냇물 지나 어디쯤 자운영 가득 핀 들녘에
연신 자신의 상처를 핥기만 하던 산 그림자

삵 한 마리가 쓰러져 흐느끼고 있었던 것이다

어쩌면 미산은 세상을 등진 당신을 품고
까닭 없이 울고 있던 깊은 우물이었으리라

세상에서 슬픔을 받은 만큼, 세상 밖으로
걸어 나오지 못했던 청산 속 종소리였거나
　　　　　　　　　　　　―「미산(嵋山)」 전문

　　위의 시에 '양각산'이 등장하는 것을 보면, '미산'은 산이 많
은 충청남도 보령시 미산면의 미산일 것이다.(양각산은 미산면
에 속한 산이다.) 시는 그 "외딴곳 미산"에 간 '당신'에게 보내는
편지 형식으로 쓰여 있다. "찔레꽃 향기로" "세월을 보내왔"
던 '당신'에게 보내는 답장 형식이다. 그 답장을 쓰는 과정에
서 시인의 '시심-낙타'는 '미산'의 '당신'을 찾아간다. '당신'은
시인이 사랑하는 대상, 또는 '달마'를 가리킬 수도 있다.「달마
의 눈꺼풀」에서 등장하는 '당신'이 '달마'이기 때문이다.(그 시
에서 '달마'는 "버드나무 지팡이를 삼거리 입구에 세"우고는 "나무에 움이 트

면 너를 데리러 오마, 하고 달랬 뒤/새처럼 홀연히 길을 지우고 멀리 떠나"신
이로 등장한다. '달마'를 기다리는 시인은 '달마'에게 그 "지팡이에서 싹이 나
와/이제 풀잎이 돋고 그림자가 우거져 제법/초록이 속으로 까매졌습니까?"
라며 항의하듯이 묻는다.) 아니면 또 다른 자기 자신일 수도 있다.

  '당신'이 누구이든, 시심은 '당신'이 하필 '미산'에 왜 유배
갔을지 생각한다. 시인은 "지나는 길에 잠깐 소낙비로 들렀
던/대추나무가 많은 절집"에서 '당신'이 자기 자신을 보았기
때문이라고 추측한다. 이 '당신-절집'의 이미지는 "연신 자
신의 상처를 핥기만 하던 산 그림자"로, 그리고 "쓰러져 흐
느끼고 있었던" "삵 한 마리"로 확장된다. 그리고 시인은, 그
렇게 "세상을 등진 당신을 품"을 수 있는 "깊은 우물"과 같
은 곳이 '미산'이었기 때문일 것이라고 '당신'의 미산행의 이
유를 생각한다. 이 '깊은 우물'의 이미지는 "세상에서 슬픔
을 받"아 "세상 밖으로/걸어 나오지 못했던 청산 속 종소리"
의 이미지(이 '종소리'가 '미산'을 가리키는지 아니면 '당신'을 가리키는지
는 애매하다. 이 둘 다를 의미할 수도 있겠다)로 비월하는 바, 슬픔의
우물이 슬픔으로 잔뜩 젖어 있는 '종소리'로 절묘하게 전환된
것이다. 시인의 '낙타'는 이 산속에 깊이 은둔하고 있는 슬픔
의 '종소리'에까지 시인을 데려간 것인데, 그것은 깊은 우물
속과 같은 산속에 은둔하고 있어서 이제는 '당신'을 만날 수
있는 길이 보이지 않는다는 사실을 슬프게 깨닫는 일이기도
하다. 다만 '향기'로 전해지는 소식으로만 '당신'이 어딘가 존
재하고 있기는 하다는 것을 알 수 있을 뿐이다.

  그러나 시인은 절망하지 않는다. '당신'에게 가는 길이 없

다면 '꿈'을 통해 길을 이을 수 있으리라는 것이 시인의 생각이기 때문이다.

길이 없다고 잠에서 깨어날 이유는 없다
길은 언제나 꿈에서 꿈으로 이어지니까

천년을 기다려도 길이 보이지 않는다면
누구나 어김없이 벼랑 끝에 설 수밖에
물가에 서서 자신의 그림자를 드리울 수밖에

연못은 나와 탑 사이에 놓인 일주문일까
물속에서 꼬리를 휘젓는 용이 보인다
용은 이내 물속 탑 안으로 숨어 버렸지만

―「나의 연못과 미륵사지탑」 부분

이 시집 끝에 실려 있는 위의 시는 미륵사지 석탑과 관련된 무왕의 설화(『삼국유사』에 기록되어 있는)와 밀접한 상호텍스트성 관계를 맺고 있다. 이 시에 등장하는 '용'과 '연못'은 그 설화와 관련된다. 하지만 이 설화를 여기서 이야기할 여유는 없다. 시를 따라가 보자.

시인이 있고 '탑'이 있다. 그 사이에 '연못'이 있다. 저 '미산'의 산속처럼 슬픔을 품고 있을 '연못'. 위의 시 2연의 "탑은 꿈을 꾸기 위해 물에 들어갔을까"라는 구절을 볼 때, 그 '연못'의 '물속(슬픔)'은 '꿈'이 거주할 수 있는 세계로 보인다.

그래서 그 '물속'은 "걷지 않아도 길을 낼 수 있"는 곳이다. '길'이 없어서 시인은 걸어서 '탑'으로 건너갈 수 없지만, '물속'에 놓일 수 있는 '꿈'의 길을 따라 건너갈 수는 있다. "길은 언제나 꿈에서 꿈으로 이어지니까" 말이다. 그렇기에 '천년'의 기다림 끝에서도 "길이 보이지 않는다면" "벼랑 끝에" 서는 마음으로 '꿈'의 길이 나기를 "물가에 서서 자신의 그림자를 드리울 수밖에" 없다. 이 '길'이 난다면, '연못'은 '탑'이 세워져 있는 사찰(지금은 대부분 사라진 미륵사)로 들어가는 '일주문'이 될 것이다. 이 '일주문' 아래에 놓일 '물속' '길'은 '용'으로 현현할 것인데, 하지만 아직 그 '길'은 현재 나지 않았다. "꼬리를 휘젓는 용이" 언뜻 보였다가 이내 "물속 탑 안으로 숨어 버렸"기 때문이다. 다시 말해 '탑'의 '꿈' 안으로 숨어 버린 것, '꿈'의 기록이라 할 전설 속으로 '용'은 사라져 버린 것이다.

그렇다면 저 '탑'이란 무엇인가? '미륵사지탑'이다. "지도에서 지워진 옛 성터"(「사막에서 사는 법」)라고 할 수 있는 미륵사지 터에 있는 탑. 『삼국유사』에 따르면, 무왕과 부인이 길을 가다가 용화산(龍華山) 큰 못가에 이르렀는데, 이 못 가운데에 미륵 삼존이 나타났다고 한다. 이에 무왕에게 부인이 간청하여 세워진 절이 미륵사이며, 이와 함께 '미륵사지탑'도 같이 세워진 것이다(산을 헐어 연못을 메우고 그 위에 탑을 세웠다고 한다). 다시 말하면 미륵의 현신을 기념하는 '탑'이 '미륵사지탑'이다. 하여, 시인이 가고자 하는 저 '탑'이란 '미륵'이 현신하는 세계인 것이다. 여기서 우리는 다시 「시인의 말」과 만난다. "내 별의 혈액형은/머나먼 우주, 마이트레야 (彌勒)"라는 구절. 이 '미륵'이 잠깐 나타났었던 저 백제 무왕 시절의 옛 사찰로 가기 위해, 시인의 '낙타'는 '천애절벽'처럼 놓여 있는 '연못' 앞에 서 있는 것이다.

위의 시의 제목에 따르면 이 '연못'은 "나의 연못"이다. 이 '연못'은 "내 별"이기도 한 것이며, 이 '연못'의 '물속'에는 아직 현신하지 않은 '미륵'의 '꿈', 즉 '탑'의 '꿈'이 '혈액'처럼 돌아다닌다. 그리고 이 '꿈'이 '연못'의 '물속'을 슬픔으로 전화시킬 터, 이 슬픔의 '연못'을 앞에 두고 시인의 '낙타'는, '미륵'의 '꿈'이 '용'의 '길'을 내어주기를 간절히 기도하면서, "다시 한 번 헛발질을"(「시인의 말」) 하며 꿈꾸기의 '길'을 계속 걸을 것이다. 하재일 시인은 이 '낙타'를 타고 가는 '길' 위에서, 세계 자체가 쓰고 있는 '경전'의 '문장'들을 발견하면서, 이를 시의 언어로 번역해 가고 있는 것이다.